JN196286

槇村浩が歌っている

藤原 義一

目次

はじめに …… 5
第1章　「神童」といわれた時代 …… 17
第2章　高知市の私立土佐中学校に進学 …… 37
第3章　高知県立中学海南学校に転入 …… 47
第4章　石建虎兎栄さんの高知での運動 …… 58
第5章　「軍事教練の筆記試験を書くな」 …… 62
第6章　高知高等学校の学生の軍事教練反対のストライキ …… 64
第7章　岡山市の関西中学校の5年生に …… 65
第8章　日本プロレタリア作家同盟高知支部 …… 71
第9章　詩「生ける銃架――満洲駐屯軍兵卒に――」 …… 81
第10章　高知の陸軍歩兵第四十四連隊への反戦ビラ配布 …… 128
第11章　日本プロレタリア作家同盟高知支部の報告 …… 158
第12章　詩「間島パルチザンの歌」 …… 180
第13章　詩「一九三二・二・二六――白テロに斃れた××聯隊の革命的兵士に――」 …… 223

第14章　詩「出征」…… 234
第15章　詩「明日はメーデー」…… 247
第16章　槇村浩さんたちが逮捕されます…… 258
第17章　長編叙事詩としての槇村浩さんの作品…… 275
第18章　出所後の、下司順吉さんとの交流をうたった2編の詩…… 280
第19章　「長詩　バイロン・ハイネ——獄中の一斷想——」…… 295
第20章　東京の貴司山治さんの机を占拠して………… 339
第21章　東京、大阪、高知………… 345
第22章　人民戦線事件で検挙され、留置…… 359
第23章　土佐脳病院に入院、そして………… 364
第24章　槇村浩さんの後を継ぐ人たち…… 366
第25章　間島に渡っていた「間島パルチザンの歌」…… 383
第26章　戦後に槇村浩さんが再評価されて…… 388
第27章　「槇村浩が歌っている」を書き終えて…… 398

劇団・the・創の創作劇「土佐の反戦詩人　槇村浩」の台本（作・西森良子さん）……404

表紙の写真は、岡山県の関西(かんぜい)中学校の5年生のころの吉田豊道さん。

裏表紙の写真は、高知市鷹匠町(たかじょうまち)二丁目のフランク・チャンピオン碑＝吉田豊道さんはこの碑の下で詩の構想を練ったこともあります。

はじめに

この物語の主人公は、大日本帝国が海外に侵略戦争を拡大していた時代に、詩で侵略戦争に反対した吉田豊道さん（後にペンネーム・槇村浩さん）です。

１９１２年６月１日、高知市に生まれました。

吉田豊道さんは、１９２１年７月、日本プロレタリア作家同盟高知支部準備会に参加しました。

同準備会に参加した吉田豊道さんは、槇村浩さんの名で反戦詩を発表しています。「生ける銃架——満洲駐屯軍兵卒に——」（１９３１年10月24日執筆。日本プロレタリア文化連盟の啓蒙誌『大衆の友』１９３２年２月創刊号に掲載）を投稿したときは、19歳でした。

槇村浩さんは、この反戦詩を書いたあと、実際に反戦活動に参加しています。1932年2月の高知県土佐郡朝倉村（今は高知市）の陸軍歩兵第四十四連隊の中国・上海（しゃんはい）への出兵のさいに同連隊への反戦ビラ配布を組織したのです。

そして、その運動のなかでつぎの詩を書きます。

「間島［かんとう］パルチザンの歌」（1932年3月13日執筆。日本プロレタリア作家同盟『プロレタリア文学』1932年4月臨時増刊）。

「一九三二・二・二六――白テロに斃［たお］れた××［四四］聯隊［れんたい］の革命的兵士に――」（『大衆の友』1932年4月号。日本プロレタリア文化連盟、1932年4月15日発行）。

「出征」（1932年4月。反戦詩集『赤い銃火』詩・パンフレット第一輯（しゅう））。

「明日はメーデー」（1932年3月17日執筆）。

この本では、以上の5編の詩を中心にとりあげます。

これらの詩が生まれたころ、大日本帝国は昭和天皇が支配していました。

1889年2月11日に公布された大日本帝国憲法に、その姿が刻みこまれています。

第一条　第日本帝国ハ万世一系ノ天皇之［これ］ヲ統治ス

第二条　皇位ハ皇室典範ノ定ムル所ニ依［よ］リ皇男子孫之［これ］ヲ継承ス

第三条　天皇ハ神聖ニシテ侵［おか］スヘカラス

第四条　天皇ハ国ノ元首ニシテ統治権ヲ総攬［そうらん］シ此［こ］ノ憲法ノ条規ニ依［よ］リ之［これ］ヲ行フ

第五条　天皇ハ帝国議会ノ協賛ヲ以［もっ］テ立法権ヲ行フ

第六条　天皇ハ法律ヲ裁可シ其［そ］ノ公布及［および］執行ヲ命ス

第七条　天皇ハ帝国議会ヲ召集シ其［そ］ノ開会閉会停会及［および］衆議院ノ解散ヲ命ス

第八条　天皇ハ公共ノ安全ヲ保持シ又［また］ハ其［そ］ノ災厄ヲ避クル為［ため］緊急ノ必要ニ由［よ］リ帝国議会閉会ノ場合ニ於［おい］テ法律

ニ代ルヘキ勅令ヲ発ス

2　此［こ］ノ勅令ハ次ノ会期ニ於［おい］テ帝国議会ニ提出スヘシ若［もし］議会ニ於［おい］テ承認セサルトキハ政府ハ将来ニ向テ其［そ］ノ効力ヲ失フコトヲ公布スヘシ

第九条　天皇ハ法律ヲ執行スル為［ため］ニ又［また］ハ公共ノ安寧秩序［あんねいちつじょ］ヲ保持シ及［および］臣民ノ幸福ヲ増進スル為［ため］ニ必要ナル命令ヲ発シ又［また］ハ発セシム但［ただ］シ命令ヲ以［もっ］テ法律ヲ変更スルコトヲ得ス

第十条　天皇ハ行政各部ノ官制及［および］文武官ノ俸給ヲ定メ及［および］文武官ヲ任免ス但［ただ］シ此［こ］ノ憲法又［また］ハ他ノ法律ニ特例ヲ掲ケタルモノハ各々［おのおの］其［そ］ノ条項ニ依「よ」ル

第十一条　天皇ハ陸海軍ヲ統帥［とうすい］ス

第十二条　天皇ハ陸海軍ノ編成及［および］常備兵額ヲ定ム

第十三条　天皇ハ戦ヲ宣シ和ヲ講［こう］シ及［および］諸般ノ条約ヲ締結ス

第十四条　天皇ハ戒厳［かいげん］ヲ宣告ス
　２　戒厳［かいげん］ノ要件及［および］効力ハ法律ヲ以［もっ］テ之［これ］ヲ定ム

……………

大日本帝国憲法下で大日本帝国の支配者・天皇が、軍隊を統帥（とうすい）し、たたかいをはじめるのです。

大日本帝国の戦争に反対するということは天皇のやり方に反対するということでした。

槇村浩さんは、昭和天皇の軍隊である高知の陸軍歩兵第四十四連隊などへの反戦ビラ配布にかかわったことで治安維持法違反の容疑で逮捕されます。

そして、警察署に留置されたあと、高知市内の高知刑務所に投獄されます（高知刑務所の場所は、いまは高知市城西公園になっています）。

治安維持法とは、１９２２年７月15日に創立された日本共産党などを標的に、１９２５年４月22日に天皇制政府が制定した弾圧法です。

同法によって「国体を変革」「私有財産制度を否認」することを目的とする結社の組織・加入・扇動・財政援助を罰するとしました。「国体」とは天皇が絶対的な権力をもつ戦前の政治体制で、「私有財産制度を否認」とは社会主義的な思想や運動をねじまげて描いた政府の表現です。

この法律は、結社そのものを罰する点でも、思想や研究までも弾圧する点でも、前例のないものでした。

そのうえ1928年には大改悪が加えられました。

まず、最高刑が懲役10年だったのを、国体変革目的の行為に対しては死刑・無期懲役を加え天皇制批判には極刑でのぞむ姿勢をあらわにしました。

「結社の目的遂行の為にする行為」一切を禁止する「目的遂行罪」も加わり、自由主義的な研究・言論や、宗教団体の教義・信条さえも「目的遂行」につながるとされていき、国民全体が弾圧対象になりました。

槇村浩さんが反戦詩を書いているころの高知に案内しましょう。

当時、高知高等学校（高知市江ノ口）の学生だった片岡薫さんに案内人をお願いします（「高知のプロキノ」＝プロキノを記録する会『日本社会主義文化運動資料10　昭和初期左翼映画雑誌　別巻』。１９８１年11月10日。戦旗復刻版刊行会）。

そのころ、高知はまだ僻遠［へきえん］の地であった。

国鉄土讃線の全通が昭和一〇年（一九三五）だから、それまでの主な交通機関は船だったのである。〝蛍の光〟で夕方高知栈橋［さんばし］を出た船が、翌朝大阪の天保山［てんぽうざん］に着く。そしてその天保山を前夜発［た］って太平洋上でこれとすれ違った船が、同じころ高知栈橋に着く。

高知はこんな孤島のような地であったが、農民運動・労働運動・民主運動は相当早くからたたかわれていた。県下ではじめて悪法「治安維持法」がその凶刃をふるって襲いかかってきた昭和五年（一九三〇）四月の大検挙から、満州事変［１９３１年9月18日～１９３３年5月31年の日本の中華民国への侵略戦争］や上海出兵にたいし戦争反対と自由と民主主義の旗をかかげて死闘した昭和七年の頃までが、その運動がもっとも深く広く浸透し、高まったときではなかろうか。

昭和六年秋には、共青高知地区委員会［日本共産主義青年同盟高知地区委員会］の組織と前後してコップ高知地区協議会［日本プロレタリア文化連盟高知地区協議会］も確立されている。

この協議会の呼び水ともなったものに、「街頭座」と称する劇団を中心とした演劇活動と、そしてプロキノ高知支部［日本プロレタリア演劇映画同盟支部］の運動とがあった。「街頭座」は争議の応援にかけつけたり、ゴーリキ［マクシム・ゴーキー。1868年3月28日～1936年6月18日。ロシアの作家］の「どん底」や三好十郎［1902年4月23日～1958年12月16日。小説家］の「傷だらけのお秋」などを上演して頑張っていたが、先の五年四月の検挙で壊滅状態になった。この劇団の生残りの一部とプロレタリア映画に興味をもっていたものが相寄り、プロキノ中央に連絡して高知支部をつくったのである。昭和五年秋のことで、メンバーは佐野順一郎［1909年7月10日～1960年8月19日。高知県香美郡豊家村〈野市町〉生まれ］、山崎正雄、福重庫満。のちに、毛利孟夫［もうりたけお。香美郡槇山村〈香北町〉生まれ1912年12月15日～1993年3月25日。高知工業学校卒業。享年

80歳］もこれに加わった。

昭和六年春には、山田三吉氏［大阪市生まれ。本名・山本恵男さん。1938年~1984年6月3日］たち中央からの巡回映写班を迎えている。

持参された映画は、プロキノ中央製作の「隅田川」、「メーデー」など数本。佐野、毛利など支部員はもちろん、作家同盟［日本プロレタリア作家同盟］結成の準備をすすめていた弘田競［ひろたきそう。1907年6月4日~1987年11月27日。高知市生まれ。関西学院英文科卒業。文化運動家］たちもこれに加わり、映写班とともに映写機、フィルム、スクリーンなどをかついでまわって、高知市内および近傍農漁村での会場設定や動員に活躍した。

これには、前年の検挙にもめげず、むしろそれを肥しとして再び芽を吹きはじめていた工場・農村の組織が、大いに役立ってくれたことを忘れるわけにはいかない。

市内はもちろんだが、その西、争議を繰り返していた丸一製紙工場のあった伊野、東へ下がって農民運動がいっそう激しさを増していた高岡、その東の農漁村地帯秋山、長浜、さらに浦戸湾を東に越えた石灰工場のならぶ稲生［いなぶ］へと、組織を辿［たど］って足をのばしている。とくに秋山では、農民運動の拠点の一つでもあった岡崎精郎［岡崎精郎。高知県吾川郡秋山村〈春野町〉生まれ。１８９８年12月21日～１９３８年１月４日。洋画家、農民運動家］宅に一週間近くも宿泊し、ここを基地に近傍農漁村での上映活動を行った。

このころ、プロレタリア文学を志すものの動きも盛んであった。信清悠久［のぶきよゆうきゅう。高知市中新町生まれ。１９１０年８月８日～２００１年１月17日］、弘田競、槇村浩（吉田豊道）、毛利孟夫、井上清［高知県生まれ。１９１３年12月19日～２００１年11月23日。作家］、佐野順一郎［高知県香南市野市町富家生まれ。１９０９年７月10日～１９６０年８月19日］たちである。晩春のころからすすめていた準備がようやく熟し、秋深まるころになってプロレタリア作家同盟高知支部［日本プロレタリア作家同盟高知支部］がつくられた。プロキノ支部はこれと力を合わせ、美術家同盟なども加わってコップ高知地方協議会を結成している。

一方、旧制高知高等学校の社会科学研究会（社研）も前年の大弾圧から立ち直り、これまでにない強い組織となって、学外組織と呼応し活発な学内外の活動をはじめていた。

（後略）

さぁ、吉田豊道さん＝槇村浩さんのところへ、行ってみましょう。

文中の［　］の中は、著者・藤原の注です。

２０１９年９月２日

藤原（ふじはら）　義一（よしかず）

第1章　「神童」といわれた時代

吉田豊道(よしだとよみち)さんが反戦詩人へ転じていく流れを紹介します。

参考にしたのは『間島パルチザンの歌　槇村浩詩集』（１９６４年10月10日。新日本出版社）、馴田正満さん「豊道の母　丑恵のこと」＝平和資料館・草の家『ダッタン海峡　第10号』（２０１４年11月11日）などです。

１９１１年6月24日、吉田才松さん（易者）と丑恵(うしえ)さん（産婆、看護婦）の婚姻届が高知市役所に出されます。

１９１２年6月1日、高知市廿代町(にじゅうだいまち)八九番屋敷に、吉田才松さん、丑恵さんの長男が誕生、豊道と名づけられました。

本籍は、高知市比島七百三十八番地（後に比島町七十八番地）。

早産のため丑恵さんは、母乳不足、牛乳で補いました。

豊道さんの父の本籍は、三重県津市下部田九五三番地（のちに高知市比島七百三十八）。

母は、高知市弘岡町一三〇番屋敷（後に南はりまや町）の野村東稲さんと熊さんの長女でした。

野村家は土佐藩の下級武士、三人扶持六石。

東稲さんは、戊辰の役（１８６８年〜１８６９年）に出征します。

戊辰の役は、王制復古を経て明治政府を樹立した薩摩藩、長州藩らを中核とした新政府と、旧幕府勢力および奥羽越列藩同盟がたたかった内戦です。東稲さんは、政府側としてたたかいました。

のちに近衛連隊（皇居の守衛、儀仗のための陸軍の連隊）の下士官を経て高知県営林局の官吏になります。

東稲さんは、植木枝盛さん（１８５７年２月14日〜１８９２年１月23日）とともに土佐の自由民権運動に参加しています。

豊道さんの父・才松さんは、豊道さんが6歳のときの１９１８年11月4日、胃がんで死亡しました。

豊道さんは、１９１９年4月、高知市第二尋常小学校に入学します（同校は、１９４７年、第一小学校と統合し新堀小学校に）。

同年8月、丑恵さんは、豊道さんとともに叔父で郵船会社の重役をしていた森田葆先さんを頼って福岡県の門司（もじ）市に行きます。

しかし、1年後の１９２０年9月、高知市に帰ってきます。

母・丑恵さんと豊道さんは、高知に帰ってから高知市中島町二八六の山崎産医院に寄留、丑恵さんは、ここの手伝いになります。

丑恵さんは、のちに、高知県庁前の高知病院の手伝いをします（この病院は、いまの高知市役所の中にありました）。

１９２０年10月25日、吉田豊道さんは、高知市升形九の四の高知市第六尋常小学校（今は高知市第六小学校）の2年生に転入します。

吉田丑恵さんと息子の豊道さん

この学校で吉田豊道さんと友だちになった島崎鋭次郎さんが当時のことを語っています（「槇村浩生誕七〇周年記念の集い　槇村浩（吉田豊道）と同時代を語る」＝槇村浩の会『ダッタン海峡　第7号』。1983年5月25日）。

……私が小学校二年のとき、といいますと大正九年（一九二〇年）ですが吉田君が第六小に転校してきて、川上清という私の義兄の先生からその転校の事情をきいたことをおぼえています。（中略）母親がつれてきまして「この子は三歳のとき町を歩いておったら道にある看板全部よんでしもうた。今も小学校六年までの字は全部よめる」というようなことをいわれまして、びっくりしてきいておりました。

吉田君が来ましてみんなに紹介されましてみたときの印象は色が白うて頭のかっこうは上のひらいた器形で顔にはそばかすがあったような気もするんですがこのあたりの記憶はおぼろげです。（中略）九九をならいはじめたとき、私らは頭をなぐられながら一生懸命おぼえていたのですが彼は一ぺんにパラパラと最後まで言うた記憶があります。

［文中、吉田豊道としている所がありますが、正しくは吉田豊道です。また、槙村浩という表記も出てきますが正しくは槇村浩です。］

１９２１年４月、吉田豊道さんは高知市第六尋常小学校３年生に。担当は、海治国喜先生になりました。

吉田豊道さんが、高知市楠病院で待合室においてある医学雑誌を音読していたのを医師の横山鉄太郎さん（耳鼻咽喉科医）が見て驚いたといいます。

横山鉄太郎医師が吉田豊道さんの文才を海治国喜先生に告げ、海治国喜先生は、吉田豊道さんを可愛がり、その才能を特別に育てることになりました。

同年7月15日付の高知新聞に「十歳神童現わる」という吉田豊道さんの写真入り記事が掲載されました（記事の現物は確認できません）。

高知市第六尋常小学校の児童や教師たち
＝前列真ん中が吉田豊道さん

同年8月、地理歴史の講演で高知入りした陸軍参謀本部の編纂官（へんさんかん）・長瀬鳳輔（ながせほうすけ）さんが旅館で吉田豊道さんと面談。ナポレオン一世のこと、欧州大戦争後の新興国の名、西郷隆盛（薩摩国生まれ。１８２８年1月23日～１８７７年9月27日）のことなどを質問。吉田豊道さんは、それに答えました。長瀬鳳輔さんは、吉田豊道さんを養子にと母に申し入れました。（１９２２年9月1日発行の博友社『新青年』３巻11号の長瀬鳳輔さん『神童　吉田豊道』）。

１９２１年11月13日付の週刊婦人新聞１１２１号が「高知の天才児　吉田豊道君□四歳にして文字を解す　□千二百頁を一日に読む」を掲載しました。

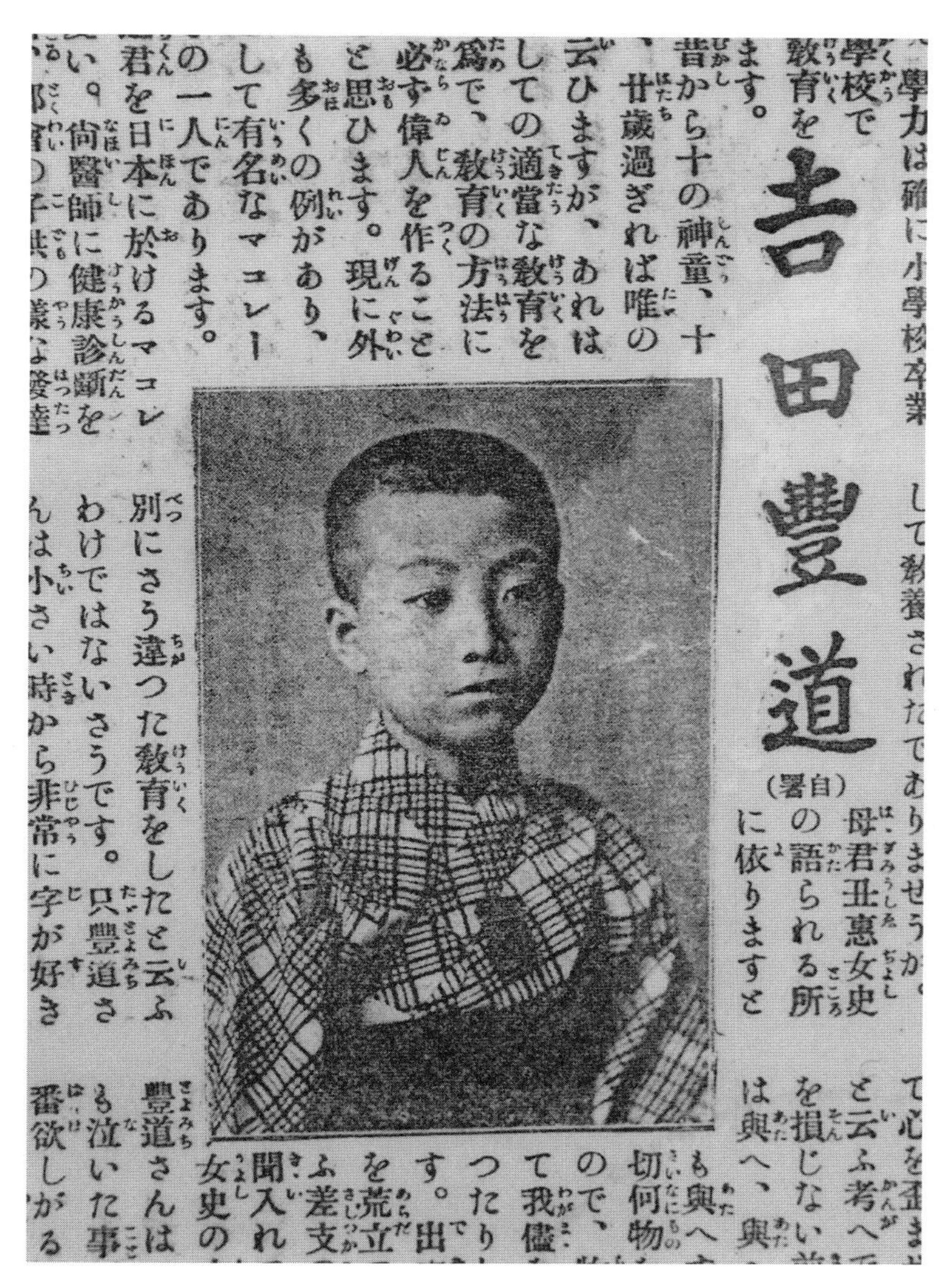

學力は確に小學校卒業
學校で
教育を
ます。

吉田豊道
（自署）

昔から十の神童、十
、甘歳過ぎれば唯の
云ひますが、あれは
しての適當な教育を
爲で、教育の方法に
必ず偉人を作ること
と思ひます。現に外
も多くの例があり、
して有名なマコレー
の一人であります。
君を日本に於けるマコレ
い。尚醫師に健康診斷を

して教養されたでありませうか。
母君丑惠女史
の語られる所
に依りますと

別にさう違つた教育をしたと云ふ
わけではないさうです。只豊道さ
んは小さい時から非常に字が好き

て心を歪ま
と云ふ考へで
を損じない様
は與へ、與へ
も與へ
切何物
ので、
て我儘
つたり
す。出
を荒立
ふ差支
聞入れ
女史の
豊道さんは
も泣いた事
番欲しがる

週刊婦人新聞１１２１号の「高知の天才兒　吉田豊道君　□四歳にして文字を解す　□千二百頁を一日に読む」から

長瀬氏が教育

神童として譽高い吉田豊道君（十歳）は目下高知市第六尋常小學校の三年生で、四歳にして文字を解しその博學多識は人をして舌を巻かしむるものあり、高知市中大評判となつて居ます。

参謀本部の編纂官長瀬鳳輔氏は今夏高知市に講演旅行を試みられ、其の序に兼て評判の天才兒豊道君に面會されました。そしてくさぐさの質問を試みられました所、聞きしに勝る博學多才に、氏もすつかり感服して果ひ、うんと仕込んで立派な學者に仕上げ様と男の子のないのを幸、養子にと同人の母丑惠氏（四四）に其旨を申出られました。すると、父早く逝き母一人子一人の事故養子に差上げるのは心許ないと云ふ返事でしたが長瀬氏は何處までもこの天才児の教育に盡すことを決心され、來年三月親子もろ共引取つてお世話なさる事になつたのであります。

長瀬氏は語られます。

日本に於［お］けるマコレーに

『寫真にもある通り誠に可愛らしい子供で、聰明な澄んだ鋭い眼は一見して天才を思はせます。私は第一番にナポレオン傳を聞きました所、『それは第一世の事ですか第三世の事ですか。』との答へに全く吃驚してしまひました。第一世を望みますと佛蘭西革命の事まで立ち至り。西郷隆盛は生ひ立から征韓論まで。新興國の名は立所に答へる、よくも是まで記憶したものと驚くより外ありませんでした。たゞ記憶力のみでなく、ルビなしの高知偉人傳を讀ませました所、實にすらすらと讀み本を伏せて質問しましたら見事な解釋を與るのでした。一日に六百頁の本を二冊讀み、それは一時に三行づゝ讀んで意味をとつて行くのであつて、後から質ても間違へると云ふ事がありません、たゞ記憶力のみでなく推理力判斷力も非常に秀でゝ居ます。

父は如何なる人であつたか詳しくは知りませんが、母親は目下高知市に看護婦を勤め賢婦人の名があります。學力は確に小学校　卒業以上で、學校でも特別な教育を受けて居ます。

日本では昔から十の神童、十五の才子、廿歳過ぎれば唯の人、とか云ひますが、あれは天才兒としての適當な教育を忘却した爲で、教育の方法によつては必ず偉人を作ることが出來ると思ひます。現に外國などにも多くの例があり、歴史家として有名なマコレーなどもその一人であります。私は豊道君を日本に於けるマコレーとし度い。尚醫師に健康診斷をさせた所、都會の子供の様な發達をしてゐるとかで、母親は目下體育に充分注意を拂て居る筈です。』

育ての苦心

さて、この様な天才兒は如何にして教養されたでありませうか。母君丑惠女史の語られる所に依りますと別にさう違つた教養をしたと云ふわけではないさうです。只豊道さんは小さい時から非常に字が好きであつたので、強いられるまゝに教へて行かれ、叱つたり泣かせたりする事は出來るだけ避けたと云ふ事です。あまり叱ると却つて心を歪ませ、身體にもよくないと云ふ考へで、常に泣いたり機嫌を損じない前に、與へるべきものは與へ、與えないものは何處までも與えず、不機嫌の時には一切何物をも與へない事にしたので、物の欲しい時にも決して我儘を云つたり、不機嫌だつたりしなかつたと云ひます。出來るだけ氣長くして心を荒立てない様にし、是と云ふ差支のない限り大抵の事は聞入れてやると云ふのが丑惠女史の主義でした。ですから豊道さんは二歳の時から未だ一度も泣いた事がないと云ひます。一番欲しがるものは本ださうでお母さんは悪いものでない限り云ふ儘に買つてやつて居られます。

主要な地理歴史書

左は豊道君の所持する地理磨史書の主なるものです。

△脇坂大戰史（前記）△東洋歴史△少年日本外史（廿三巻）△萬國新地圖△帝國百科全書（全一百一巻）△日本地理（三巻）△東洋歴史記（四十一巻）△西洋歴史記（卅五巻）△西洋通史（中）△最新世界年表△支那帝國史（上下）△大日本帝國史△萬国歴史△三國誌物語（下）▲合計歴史書五十二冊地理書卅九冊

世界巡りの唱歌

豊道君が來春の上京を記念する爲に母校に寄せた全く獨作の「世界巡り唱歌」、僅か十歳の兒童の作としては唯々驚嘆の外はありません。

(1)　文明開化の世界をば、出發點を高知とし　いざや探らん地球上、大小諸國の

千餘州［せんよしゅう］

(2)　海を渡れば神戸市よ、北陸線にて敦賀町　定期航路の便をかり、東部シベリア着きにけり。

(3)　沿海州はウラジホ市、海峡渡ればサハリン州、オコツク海の沿岸は、世界の漁場と稱えられる。

(4)　恨は長し彼の尼港、暴虐無殘のパルチザン、ハヾロフスクも早渡り、支那滿洲に打入りぬ。

(5)　盛京（セイトン）省の奉天府、滿洲一の都會たり、日本租借地、關東州、大連旅順港あり。

(6)　成吉思汗（ジンギスカン）を産みし地の、蒙古も今はさびれたり、ゴビの砂漠も過ぎ行けば、北に庫倫買賣城（クーロンマイマッチ）

(7)　無用の長物萬里城、首府は北京の順天府　支那第一の大都會、咽喉やくす天津市（以下略）

同年12月、『吉田豊道作　唱歌集』（高知市第六尋常小学校お伽会）が出ます。

そのなかには、次のような文章も載りました。

日本歴史

吉田　豊道　作

（一）我が日の本の光輝ある
清き歴史は三千年
動かぬ御代「よみ」は天つ日の
光と共に限りなし

（二）北は樺太「からふと」千嶋「ちしま」より
南台湾澎湖島「ほうことう」
曇らぬ御代の御稜威「みいつ」に
暮す同胞（ハラカラ）七千萬「まん」

（三）豊葦原［とよあしはら］の瑞穂［みずほ］の国
出［いだ］す忠臣英雄は
天地と共につきはてず
いざや語らん其［その］あとを

（四）天皇陛下の御先祖の
天の御神の御孫の
にゝぎの尊［みこと］は日の本の
高千穂峯に降りらるゝ

（中略）

（一五）聯合軍［れんごうぐん］は大勝し
我が日の本の帝国は

国威宣揚［こくいせんよう］三強の
列に入つて活躍す

（一六）建国以来三千年
敗をばとりし事はなく
皇統一系連綿と
眞に世界の大帝国

（一七）三強国の列に入り
東洋平和の盟主となり
国威隆々と輝きて
萬世不滅［ばんせいふめつ］果もなし

終り

大正十年十一月綴

本町自宅に於［おい］て

御代（みよ）＝天皇の治世のことです。

御稜威（みいつ）＝天皇の威光のことです。

豊葦原（とよあしはら）の瑞穂（みずほ）の国＝神意によって稲が豊かに実り栄える国、日本のことです。

高千穂＝宮崎県と鹿児島県の県境の火山。日本神話で「天孫」が降臨した地とされています。

萬世不滅（ばんせいふめつ）＝永久に消えることなく残ることです。


１９２２年３月、３学年修了時の豊道さんの学業成績は、修身、国語、算術、唱歌、図画、体操各10点、操行甲、病気欠席25日、身長は３尺９寸６分（約97センチメートル）、体重は５貫４２０匁（約20キログラム）、栄養丙。

同年５月29日の土陽新聞が「天才児（てんさいじ）＝吉田豊道君（とよみちくん）」の記事を掲載します。

豊道さんの２段の写真入りで、童謡「お節供［せっく］」、童謡「不思議な石」も全文紹介されました。

同年7月8日、豊道さんは、文部省の塚原監学官の提案で「時事論　支那問題」を書きます。

「……あゝ此［こ］の国に統一の使命をもたらして次に出づる大英雄はそも誰ぞ支那四億の人民其［そ］の人を待つ事や久し」と結ばれています。

同年7月、『吉田豊道創作　童謡と童話』（高知市第六尋常小学校お伽会）が出ます。

このころ、1922年7月15日、東京・渋谷区伊達跡で日本共産党の創立大会が開かれました。

同年8月、『吉田豊道創作　童謡と童話』（高知市第六尋常小学校お伽会）が出ます。

同年11月、吉田豊道さんが高知を訪問した皇族・久邇宮（くにのみや）融王（あきらおう）さん（1901年2月2日～1959年11月7日）に進講します。

久邇宮融王さんからアレクサンダーについて述べよと言われて「アレクサンダーといっても何人もいる、どのアレクサンダーか」と聞きかえしました。

1923年ごろ、高知市第四（し）尋常小学校（今は高知市上町の高知市第四（し）小学校に）で吉田豊道さんのおとぎ話を聞く催しが開かれました。

吉田豊道さんは、教員にともなわれて出席。聴衆は同校の教師と1000人近い児童です。

同校の児童だった吉永進さんが、そのときの吉田豊道さんの印象を書いていますで(「あの頃の思い出」=槇村浩祭高知県実行委員会『ダッタン海峡』2・3号合併号。1964年10月)。

……小さな身体で、ひどく頭のデッカイ、ぱっちりと開いた瞳が美しく澄みきっていた吉田君は、ぐるりと異校の教員達に囲まれ、千人近い学童の前で話をするのに、いささかのおくする気配も無く、子供とも思えぬタイゼンたる姿であった……。

1923年、4年生修了時の成績は、図画9点のほか、すべて10点。操行甲、病気欠席42日、身長4尺6分、体重5貫730匁。栄養丙。

第2章　高知市の私立土佐中学校に進学

吉田豊道さんは、高知市第六尋常小学校を1923年3月の4年生の終わりに修了します（普通は6年生です）。

そして、高知市の私立土佐中学校に通います。

高知市の郷土史家・寺石正路（てらいしまさみち）さん（高知市街九反田生まれ。1868年9月2日〜1949年12月23日）が、吉田豊道さんの進学、勉学をバックアップしました。

吉田豊道さんの勉学のための資金を地元の篤志家（とくしか）から出してもらい、勉強面の世話は寺石正路さんの四男・忠弘さんがみるという仕組みがととのいました。

このことは寺石正路さんの日記に書かれています（この日記は、高知県立歴史民俗資料館所蔵）。

私立土佐中学校の生徒のころの吉田豊道さんのことを学友の下司順吉（げしじゅんきち）さん（1912年、高知県土佐郡下知町〈現・高知市若松町〉生まれ。戦後、日本共産党中央委員会幹部会委員）、川島哲郎さん（戦後、高知大学教授）が書いています。まず下司順吉さんの文章を紹介します（「吉田豊道の思い出」＝槇村浩の会『ダッタン海峡　第5号（復刊2号）』。1979年3月15日）。

……一九二三年（大正十二年）の三月はじめごろ、私は私立土佐中学校の予科一年の入学試験を受けにいきました。この中学には、小学校の五年、六年にあたる予科一年、二年があったのです。試験を受ける教室のまえで、私につきそっていた父が「あれが吉田豊道ぜよ」とささやきました。当時、高知の街では、第六小学校の神童吉田のことが新聞でたびたび報道され、小学生のあいだでも有名だったのです。（中略）吉田は小柄で、青白い顔をした、頭の大きい少年で、縞［しま］の袴［はかま］をはいていました。黒い大きな瞳がぬれたようにかがやいて、かしこさがにじみでている感じでした。吉田は私たちと同じ教室で数科目の試験をうけました。そして、その日の夕方には十五名ほどの合格者が発表され、そのなかに吉田や山本大和［やまもとやまと。南国市十市出身。～1972年9月17日。1931年から高知高等学校の社会科学研究会のリーダー］、川島哲郎［戦後、高知大学教授］、私などの名前もありました。

四月から学校がはじまり、吉田は二学年上級の本科一年のクラスに編入されました。当時の土佐中学は、英才教育ということで一種の教育実験をしていた学校だったので、神童の評判の高い吉田に学校当局は特別の期待をかけたのでしょう。だが、この異例の扱いは一学期だけで終り、吉田は二学期から私たち予科一年のクラスにかえってきました。それは、かれの才能が、全課目に好成績をあげる秀才型ではなくて、文学面で非凡の才能をしめす天才型だったからです。小学校でかれが神童とさわがれたのも、その文学的才能によるものでした。中学校にはいってからも、かれは国語、歴史、英語などはたいへん得意でしたが、数学、理科、体操などには興味がなく、だから成績もあがらなかったのです。

吉田の文学的才能はたしかに天才的でした。予科のとき、清少納言の「枕の草子」

「枕草子のこと」を読んでいるのをみておどろきました。この本は少年たちにはまったく難解な古文です。おもしろいかと私がたずねると、おもしろいというのです。かれは日本文学、外国文学をてあたりしだいに読みあさっていました。かれは、ものの静かで、ひかえめな人柄で、口に手をあててはずかしそうにものをいう癖［くせ］がありましたが、ときには文学についての博識をとうとうとのべて、私たちを敬服させました。

吉田が文学書を多読、乱読できたのは、県立図書館［当時は高知市丸ノ内六番地］を使うことを知っていたこととも関係があったでしょう。私自身、吉田にはじめて図書館につれていってもらい、図書館の効用を教えられました。そのころ、吉田のお母さんは県庁のそばの高知病院［今の高知市役所の所にありました］で付添婦としてはたらいており、病院のうらに住居があったので、県立図書館はすぐ近くだったわけです。

吉田は中学の本科一、二年のころには、クラスの文学サークルのリーダーになり「しかばね」というガリ版ずりの同人雑誌風のものを発行していました。当時、吉田は探偵小説にこり、江戸川乱歩［えどがわらんぽ。1894年10月21日～1965年7月28日。推理小説作家］などを読んでいましたが、「しかばね」という風変りな題名もその影響でしょう。この雑誌は、やがて「モダン・マガジン」と改題しました。

吉田は雑誌の編集長格であり、中心的な執筆者でもありました。毎号、かなり長い探偵小説風なものを書いていました。自分の発想を文章化するという能力がまだ十分に発達していない年ごろの私たちにとっては、吉田がペン軸の根もとをにぎって、指先をインクでよごしながら、かれの泉のような空想力のままに、長い小説を書きとばしていくのは、おどろきでした。この雑誌のガリ版切りや印刷などの製作工程は山本が引きうけていました。山本はガリ切りがとても上手でした。

この文中のガリ版切りというのは、ヤスリ板の上で原紙を鉄筆でこすって印刷原稿をつくることです。

12歳（かぞえ年か）のころの吉田豊道さん

雑誌づくりは、１９２４年にもやっています。

高知市内の図書館で知り合った高知工業学校（いまの高知市永国寺町の高知県立大学の所にありました。のちの高知県立高知工業高等学校）の電気科の生徒・毛利(もうり)孟夫(たけお)さんと謄写版刷りの同人誌『野良犬』を２冊出します。

吉田豊道さんは東西の文学や歴史書、革命運動史なども読みました。

１９２４年４月、予科２年生のころ、吉田豊道さんの考え方に変化がおきていました。小学校のころは尊敬していた為政者の天皇に疑問をいだくようになったのです。

川島哲郎さんが、「座談会　反戦・革命の偉業を若い世代に」（『文化評論』１９７３年11月１日）で吉田豊道さんのことを語っています。

……［吉田は］小学校の頃「過分数」というアダ名があったそうですね。頭が非常に大きくて、体が小さく色の白い目玉の大きい子供でしたね。私と彼とは大変親しかったので、学校へは自転車で帰っていましたので帰りに自転車をつき吉田と話をしながらというより、吉田の話を聞きながら帰ってきたのですが、いろいろな話をしてくれましたね。彼は非常に早口でしたけれども話は上手でした。当時の子供がよく読んだんですが「ルパン」の話を毎日聞かせてもらったりしていました。高知病院が今の市役所のところにあったんですが、その南側に彼の家があり、ときどき寄ったんです。二階が彼の部屋で、とにかくやたらと本があるんですね。びっくりするくらい本がありました。当時、話をしてくれたのに「大鏡」や「憎鏡」がありましてね、小学六年で「大鏡」や「増鏡」を読むんですから大変なもので、その中で、当時の言葉で言えばシナの大変暴虐な皇帝の話、雄略天皇のことを話していましたね。

雄略天皇のこととは……。川島哲郎さんが、1923年〜1924年ころのこととして、こう語っています(「槇村浩生誕七〇周年記念の集い　槇村浩(吉田豊道)と同時代を語る」=槇村浩の会編『ダッタン海峡　第7号』。1983年5月25日)。

……吉田の話の中で一つだけ印象に残っているのは雄略天皇の話なんです。雄略天皇が暴虐の限りをつくしたという話なんです。私は普通の平凡な少年でしたから、天皇がそういう非道なことをするということは実に青天の霹靂［へきれき］でしたね。

『古事記』、『日本書紀』を読むなかでの発見だと思います。雄略天皇は5世紀後半に在位したとされています。即位前に皇位継承権を持つ兄弟2人と従兄弟1人を殺したといいます。

この時点で吉田豊道さんは戦争を指導する大元帥（だいげんすい）である天皇への忠君愛国という観念から脱出していたのではないでしょうか。

下司順吉さんの手記の続きを紹介します（下司順吉さん「吉田豊道の思い出」＝槇村浩の会『ダッタン海峡　第5号（復刊2号）』。１９７９年3月15日）。

……吉田の文学的才能は早いテンポで開花していきましたが、それにつれて、自分のきらいな学科の成績は落ちていき、吉田の才能は学校のなかでは、しだいに規格はずれのものになっていきました。そのうえ、吉田は本科二年（一九二六年、昭和元年）の秋、腸チフスにかかって長期療養、休学となり、私たちが三年生に進学するときに、海南中学校［高知県立中学海南学校のこと］へ転校しました。

第3章　高知県立中学海南学校に転入

吉田豊道(よしだとよみち)さんは、寺石正路(てらいしまさみち)さんの世話で高知県立中学海南学校（高知市九反田。いまの高知市城北町の高知県立高知小津高等学校）の2年生に転入学します。

同校に転校してきたころの吉田豊道さんについて、同じクラスだった富永三雄さんは、つぎのように述べています（「槙村浩の思い出」＝槙村浩祭高知県実行委員会『ダッタン海峡　2・3合併号』。1964年10月）。

……「数学の勉強を怠けて、他の秀才についていけなくなった。」と笑いながら話しかけてきた彼。やや青味すらおびた青白い顔。長いまつ毛の下に、切れの長い目とすんだ瞳。脊はやや猫脊。小柄で五尺二寸程度、陸士［陸軍士官学校］、海兵［海軍兵学校」の志願者の多い生徒たちのなかで、彼はたちまち特異の存在になってしまった。それでいて、彼はとても人なつっこかった。おとなしく、軽くユーモアと皮肉をとばす明朗な面もあった。何よりも驚いたことは、教科書を勉強せずに、星印のついた岩波文庫をいつもよんでいることであった。それもほとんど毎日、その本がかわっている。小説、和歌、俳句、古文集、漢詩、歴史、随想、ありとあらゆるものを彼は読みあさっていた。歩きながらよむ。本をななめに流すようによむ、それでいて、内容を完全にいつまでも暗記している頭のよさには、ただ、驚くばかりであった。英語の本を訳すのに、一冊の英語辞書を暗記する努力をした。不得意な数学の解答も暗記。歴史地理の知識は教師なみ。国語漢文では、教師も彼の後塵［こうじん」を拝せざるをえなかった。試験勉強は彼にとっては一夜漬けで充分であった。

富永三雄さんは、つぎのようにも語っています（「思い出」＝槇村浩の会『ダッタン海峡』第9号。２００４年1月26日）。

……吉田は、どうしたことか、［高知県立中学海南学校の］正門の開成門を避けて北側の裏門を利用した。「権威の象徴に意味があるのか」と反問せられて答えが出なかった。

移築された高知県立中学海南学校の校門（高知県立高知小津高等学校）

開成門は、土佐藩の殖産興業・西洋科学振興などの目的で1866年2月に創設した開成館の表門として、いまの高知市九反田に建設されたものです。開成とは、「物を開き務めを成す」の意です。

1882年、明成館の跡に山内家の私学海南学校が設けられたとき、そのまま学校の正門として残りました（いまは高知県立高知小津高等学校に移築されています）。

吉田豊道さんの転入学から1か月後の1927年5月28日、大日本帝国の山東出兵がはじまりました（～9月8日。第1次）。

侵略政策に反対する国民の運動が広がり、それへの天皇制政府の弾圧が激しくなっていました。

社会主義の運動が盛り上がり、吉田豊道さんは、科学的社会主義の勉強を始めます。

猛烈な勉強ぶりだったようです。

1927年の「ある日」、中学海南学校4年生の横山三男さん（ペンネーム・横山光夫さん）が、学校を休んで高知市の高知県立図書館でトルストイ（シフ・トルストイのことか）の小説を読んでいるときに見かけた吉田豊道さんのことを書いていいます（横山光夫さん『解放運動のあけぼの（高知県左翼社会運動覚え書き）』。解放運動のあけぼの刊行委員会。１９６８年10年20日）。

……眉目秀麗［びもくしゅうれい。顔だちが端正で整っていること］の色白の学生が数冊の本をかかえて私の隣りにきた。見ると、なんとマルクスの資本論である。当時難解さと膨大［ぼうだい］さで私たちの手のとどかなかった資本論をかれは刻明［克明の誤りか］に読んでいる。しかも、そのスピードはかなり早い。私はかれが下級生なので気安く声をかけた。その男が吉田豊道であった。

「マルクスの資本論」というのはカール・マルクスさん（１８１８年5月5日〜１８８３年3月14日）の著書『資本論』のことです。１８６７年に第1巻が刊行され、１８８５年に第2巻が、１８９４年に第3巻が公刊されました。第1巻は、マルクス自身によって発行されましたが、第2巻と第3巻は、マルクスさんの死後、彼の遺稿をもとに、フレードリッヒ・エンゲルスさん（1820年11月28日～1895年8月5日）の尽力によって編集。刊行されました。

横山三男さんが、吉田豊道さんがマルクスさんの『資本論』を読んでいるのを見た年の1927年の12月2日、日本共産党は、拡大中央委員会を栃木県日光で開き、共産主義インタナショナルの「日本問題にかんする決議」（二七テーゼ）を確認しました。そして、それを1928年2月号の『マルクス主義』の特別付録で発表しました。

話はかわりますが、1928年2月、日本の陸軍省は、「学生教練及［およ］び青年訓練修了者検定規定」を公表しました。学校教錬は、正科となり、成績簿にも記載されることになりました。

中学海南学校でも、軍事教練が実施されます。

吉田豊道さんは、軍事教練に反発します。

富永三雄さんが、このときのことを書いています（「思い出」＝槙村浩の会『ダッタン海峡』第9巻。2004年1月26日)。

……極めて批判的であった彼がマルクスに屈服した瞬間、軍事教練反対の「のろし」があがることになる。彼の徹底抗戦がT大尉を目標に始まる。ゲートルをろくにまかない。銃をななめにかつぐ、銃の掃除は放棄する。手旗を無茶苦茶にふる。なぐりたいだけ、なぐらせる、彼の配属将校に対する愚弄的「ぐろうてき」態度は止まない。

この2月には、やんちゃぶりを発揮します。級友の富永三雄さんを校内弁論大会に出場させ、「エホバの神はゲキリンましまし」という社会批判の弁論をやる計画をたて、別に「ああ、神国日本」という検閲用の原稿を用意しました。しかし、富永三雄さんが検閲の主任の前で本物をやったため実現しませんでした。

翌日、吉田豊道さんは、ライオンのニックネームを持つ主任に一矢を報い、選挙中の浜口雄幸さん（風貌から「ライオン宰相」といわれていました）のポスターを教室にはりめぐらしてクラスを爆笑させました。

富永三雄さんが、吉田豊道さんらとの石鎚山登山のことを語っています（『文化評論』。１９７３年11月１日。日本共産党中央委員会）。

……中学二年のとき、ぼくたちが［愛媛県東部の］石鎚山［いしづちさん］へ登ったんですが、最初四国山脈を横断する計画だったんですが、石鎚山に着いたとたんぼくらはへばってしまって下山したんですが吉田は一人で四国山脈を縦断し、一週間目ぐらいして帰ってきました。どうやっていたかと聞くと炭焼き小屋の窯［かま］などで野宿しながら、一人で山をこつこつと歩いて、自分の決めていたコースを計画通りに帰ってきているんですね。

１９２８年４月、吉田豊道さんが３年生となった始業式の朝、彼は、富永三雄さんに治安維持法のことを話しました（富永三雄さん『ひとつの出合い』。１９９２

年2月26日。四国写植出版制作室)。

「富やん、治安維持法という名の法律を知っているのか?」

「そういう名前の法律は聞いたことがある。それがどうした?」

「一九二五年三月成立。国体の改革、私有財産制度を否認するものを罰する最高懲役を十年とするもの。そうした目的の結社への加入、その未遂、煽動をも対象とする、行動のみでなく、国民の思想をも対象とするもの。普通選挙を実現することの引きかえに、日ソ国交回復に備えて共産主義思想の流入を防ごうとするもの。この法律は絶対主義的官僚勢力が、政党と妥協した、国体を守るための、天皇制擁護、革命防止の弾圧体制を整えたもので、世界でも比[ひ]を見ない思想弾圧立法である」

「ソ連の共産主義とはどんなもんか?」

「これから勉強するよ」

この年の6月29日、その治安維持法が勅令によって改悪されます。

最高刑が懲役10年だったのを、国体改革目的の行為に対しては死刑・無期懲役を加え天皇制批判には極刑でのぞむ姿勢をあらわにしました。「結社の目的遂行為「ため」にする行為」一切を禁止する「目的遂行罪」も加わり、自由主義的な研究・言論や、宗教団体の教義・信条さえも「目的遂行」につながるとされていき、国民全体が弾圧対象になりました。

3年生になってから、吉田豊道さんは授業中も「赤い表紙の本」、カール・マルクスさんの著作を読みふけるようになります。

まずは、化学の授業のときでした。教室は後の席が一段と高い階段式でした。小柄な山内浩先生は「すり鉢の底」で授業することになりました。吉田豊道さんは、最後列に座ってカール・マルクスさんの著作を読むようになりました。

吉田豊道さんは、そのうち、すべての授業を放棄し、教室でマルクスさんの本を読みました。

第4章　石建虎兎栄さんの高知での運動

そのころ、高知では青年たちの社会運動が発展します。

１９２８年5月、全国無産者芸術連盟は、プロレタリア文学の作品を掲載する文芸雑誌『戦旗』を創刊します（１９３１年12月まで。全11号）が、翌年6月、『戦旗』高知支局ができました。地域や学校にサークルが作られました。

メンバーは、高校班（伊与木さんほか数10人）、師範班（田村乙彦さん、藪田忠夫さんほか数10人）、中学班（吉田豊道さん、毛利孟夫さん、畠中清美さんほか数人）、女学校班（山﨑小糸さん、横山さん、尾崎さん、小石さんほか数人）でした（高知県における共産主義運動の足跡編集委員会『高知県における共産主義運動の足跡』。１９７３年4月15日。高知民報社）。

1928年9月、吉田豊道さんは、『戦旗』読者を中心に高知工業学校の畠中清美さん、毛利孟夫さんらと「朝鮮・中国その他の被圧迫全民族の政治的及［およ］び社会的解放闘争を支援する」ことを掲げて日本反帝同盟の学生班を作ります。

石建虎兎栄（いしだてことえ）さん（高知県安芸郡吉良川村出身。1909年6月25日～1931年6月15日）の活動も注目されます。

石建虎兎栄さんは、高知県安芸の安芸中学校を4年で修了、高知市の高知高等学校に入学します。そして、同高校で社会科学研究会グループを組織します。

1928年秋、石建虎兎栄さんは、竹村悌三郎さん、堀江壮一さん、川崎堅雄さんらと高知で社会運動に参加しました。

同年11月、高知県下の中学校と朝倉の陸軍歩兵第四十四連隊との合同演習、野外訓練が行われました。

その前夜、合同演習反対、侵略戦争反対のビラが高知県立城東中学校（いまの高知県立高知追手前高等学校）、高知県立城北中学校（今の高知県立高知小津高等学校）、高知商業学校（今の高知市立高知商業高等学校）の門前、便所、兵器庫、周辺の電柱にはりめぐらされました。

高知高等学校（のちの国立高知大学文理学部）では合同演習反対のストライキを打ちました。

１９２９年２月、高知県伊野町の土佐丸一（日本紙業）の争議が起こります。

同年３月５日夜、治安維持法改正に反対していた労農党の山本宣治（せんじ）さん（１８８９年５月28日生まれ）が、右翼団体・七生義団の黒田保久二に刺殺されました。

〝山宣殺される〟のニュースは翌３月６日の新聞の号外で全国に流され、それを知った人々の抗議の集会が各地で持たれました。

高知市では、石建虎兎栄さん、川崎堅雄さんらの呼びかけで、３月10日に抗議集会を開きました（大衆党主催）。

当日、20銭の入場料を取りましたが、会場の堀詰座は超満員でした。

４人目に石建虎兎栄さんが演壇に立ちました。彼の演説の途中で臨席の松田特高部補が「中止」を叫びました。

聴衆はわきたち、「やれ、やれ」と声援の声が。それと同時に「検束」の声が松田特高部補から飛びました。

そのとき、「石建にげろ」という叫びが起こり、演壇から飛び降りた石建虎兎栄さんを労働者たちは自分たちの輪の中にしっかりと守り、彼を逃がしました。

石建虎兎栄さんは、同年7月に上京。12月、日本共産党に入党しました。

石建虎兎栄さんについては片岡薫さん『信念に生きる　石建虎兎栄の生涯』（1979年4月30日。社会思想社）にくわしく書かれています。

第5章　「軍事教練の筆記試験を書くな」

1929年4月、吉田豊道さんは中学海南学校の4年生となります。

「座談会　反戦・革命の偉業を若い世代に」（『文化評論』。1973年11月1日。日本共産党中央委員会）で富永三郎さんが、そのころのことを語っています。

……吉田がやったことは軍事教練を茶化すんですね。だからゲートルを巻いても足の半分くらいしか巻かないし、銃を担いでも斜めに担いで、いつも教官を怒らせたり、手旗通信をやっても無茶苦茶な信号をやったりして抵抗運動をずっと続けるわけです。ぼくは吉田に思想的に啓蒙されて、同じような軍事教練反対のいろんないやがらせをやっておったんですが、四年のときたまたま、近森という大尉が軍事教練やると言いだしたんです。それに吉田が徹底的に抵抗したんです。

吉田豊道さんは、奴田原三郎さん、富永三雄さんらの同級生と語らい、軍事教練の筆記試験を書くなの運動を組織します（富永三雄さん「『槇村浩』の思い出」＝槇村浩祭高知県実行委員会『ダッタン海峡　2・3合併号』。1964年10月）。

……［吉田豊道さんが］全四年生を集合さして大演説をぶった。『真理は教練にはない。天皇制絶対君主制こそ打倒すべきもの、陸士［陸軍士官学校］を止めよ、海兵［海軍兵学校］に行くな、筆記試験を書くな。』

2クラスあった4年生の全員が軍事教練の試験で白紙答案を出していたのです。学校側は、表向き処分は行いませんでしたが、吉田豊道さんは転校せざるを得なくなってきました。

第6章　高知高等学校の学生の軍事教練反対のストライキ

このころ高知県下では戦争準備に反対する運動が高まっていました。

１９２９年秋、高知県の香長平野を中心に秋季合同演習（学生、生徒と現役兵の合同演習）が行われました。

高知高等学校の学生は、これに抗議してストライキに入り、学校側に軍事訓練反対、学生自治活動の自由、思想取り締まり警察の学内立ち入り禁止などの要求をつきつけました。このストライキに対して学校当局は、休校を発表し、尾崎喜郎さんを首謀者として退学処分にしました。また、宮下繁馬さん、増田誠吉さんら学生数人が連行され、それぞれ処分を受けました（山﨑小糸さん「槇村浩の生涯とその時代」＝岡本正光さん、山﨑小糸さん、井上泉さん『槇村浩全集』。１９８４年1月20日）。

第7章　岡山市の関西（かんぜい）中学校の5年生に

吉田豊道さんの勉学のための援助をしていた高知市の高知県立中学海南学校の教師・寺石正路さんの日記（高知県立歴史民俗資料館所蔵）から、この事件の、その後を追います。

学校側は、その行動を組織したことで吉田豊道さんを同校から追おうとします。

１９２９年10月22日午後、中学海南学校の職員会で「白紙問題」で吉田豊道さんなどの「論退」が決定します。

寺石正路さんは、翌23日、吉田豊道さんの退学の決定を受けて豊道さん、母・丑恵さんと相談します。

相談の結果、26日、寺石正路さんは、高知市の城東商業学校（今の高知学園高等学校）の校長・中島和三さんに豊道さんのことを頼みましたが「不調」でした。

同年11月2日、寺石正路さんは、豊道さんを岡山市の私立関西(かんぜい)中学校5年生に編入させようと動き始めます。ていねいに、ねばり強く働きかけます。

1か月後の12月2日、寺石正路さん宅に私立関西中学校から吉田豊道さんの入学許可の電報が来ます。

この吉田豊道さんの私立関西中学校入学許可について寺石正路さんが果たした役割について『海南百年』（１９７3年8月発行。高知県立高知小津高等学校）が触れています。

……槇村浩（本名吉田豊道）が、体操教師と反目して土佐中学校を追われたとき海南学校へ引きとり、さらに、ここでも教練教師に反抗し、退学寸前のところを岡山関西中学校へ転校させせた逸話の中に、かれの深い人間性をみることができるのである。

吉田豊道さんは、１９３０年４月、私立関西中学校５年生に編入します。

同校は、岡山市北区西島本町にありました。

１８８７年、岡山の地でも「岡山薬学校」という医学・薬学分野のパイオニアを育成しようと創設されました。

創立時の精神は「天分発揮」、「敢為の精神」、「質実剛健」。

校風は、自由で、生徒の気風は荒々しいとされていました。

かつて槇本楠郎（まきもとくすろう）さん（岡山県吉備郡福谷村生まれ。１８９８年８月１日～１９５６年９月14日）、石川達三さん（秋田県平鹿郡横手町〈現・横手市〉生まれ。１９０５年７月２日～１９８５年１月31日）も在校していました。

槇本楠郎さんは、童話作家、詩人、評論家。１９２６年、『文芸戦線』に評論を発表、翌年には同誌にプロレタリア童謡と称した童謡「小さな同志」を発表。１９２７年に藤森成吉（せいきち）さん（長野県諏訪市生まれ。１８９２年８月28日～１９７７年５月26日。小説家、劇作家）らと前衛芸術家同盟を結成。１９２８年には日本プロレタリア芸術連盟と合同して、全日本無産者芸術連盟（のちに全日本無産者芸術団体協議会に改組）を結成。また、小川未明（おがわみめい）さん（新潟県高田〈現・上越市〉生まれ。１８８２年４月７日〜１９６１年５月11日）らと新興童話作家連盟を結成。槇本さんは、それぞれの機関誌、『戦旗』と『童話運動』に、童話や評論などを執筆しました。１９３０年４月、評論集『プロレタリア児童文学の諸問題』（世界社）を出版しますが、発売禁止となりました。１９３１年９月25日には『小さな同志』（自由社、川崎大治さんとの共著）を出版。これも、即日発売禁止処分となりました。

石川達三さんは、当時、小説を書きはじめていたところでした。

吉田豊道さんが私立関西中学校５年生に編入した１９３０年４月23日、高知では治安維持法違反とされた24人が検挙されます。

１９３０年３月から７月の間の出来事だと思いますが、毛利孟夫さんが東京・神田で、ある神学校の先生が書いたコーネ（古代ギリシャ語のことか）の文法書（例文は聖書の引用）の手書きをオフセット印刷した本を手に入れ、岡山の吉田豊道さんに送ってやったといいます。

豊道さんからは、出たばかりの岩波書店の加藤正さん、加古祐二郎さん訳の『自

然　弁証法』（フリードリッヒ・エンゲルス）が送られてきました（宮崎清さん『詩人の抵抗と青春　槇村浩ノート』。１９７９年10年20日。新日本出版）。

吉田豊道さんは、私立関西中学校に行ってからプロレタリア科学研究所の機関誌『プロレタリア科学』（１９２９年11月５日創刊）の読者会の活動にかかわっていたといいます。

夏休みに高知に帰省するさい、吉田豊道さんは、毛利孟夫さんの勤務する高知市新本町二丁目の高知日本赤十字社高知支部療院（１９４３年１月、高知赤十字病院と改称）を訪ね、彼をプロレタリア科学研究所のサークル活動に誘いました（宮崎清さん『詩人の抵抗と青春　槇村浩ノート』。１９７９年10年20日。新日本出版社）。

私は、２０１２年７月12日、平和資料館・草の家の太田紘志（おおたひろし）さん、西村多津子（にしむらたづこ）さんと関西高等学校を訪問しましたが、同校には吉田豊道さんの成績表が保存されていました。

１９３１年３月５日、吉田豊道さんは、同校を卒業しますが、そのさいの成績表です。

席次は２１７人中98番。歴史（１学期）、地理（１学期）、法経は１００点ですが、教練は20点、10点、30点。吉田豊道さんの教練への憎悪は続いていたのです。

第8章　日本プロレタリア作家同盟高知支部

吉田豊道さんは、1931年春に中学校を卒業し、高知に帰ってきました。ここで、そのころの高知の大衆運動のことを見ておきます。

以下、浦部真弓さんの「槇村浩　初期作品群について」（槇村浩の会『ダッタン海峡　復刻1号』。1977年7月）からの要旨です。

高知県下に働く製糸業労働者は6800人といわれていましたが、1929年10月、アメリカ取引街恐慌から始まった世界恐慌の波を受けて、もっとも犠牲の大きかったのは主要輸出国をアメリカとしていた蚕糸（さんし）業界でした。

日本製糸業界大手6社の一つである片倉製糸高知工場をはじめとして、すべての工場が操業閉鎖、賃金遅配に追い込まれました。

土佐セメントは、355人の労働者のうち120人を解雇、6割操業に踏み切りました。

稲生(いなぶ)石炭の労働者、手すきの労働者、国鉄の労働者、土佐電鉄の労働者も、また、過酷な条件下の労働をよぎなくされました。

農村では米価の暴落と副業の養蚕の打撃に加えて、失業者の帰農、製糸工場で働いている女工たちの収入減により生活は破滅の危機に直面しました。

1928年12月に土佐電鉄の争議がおこります。

翌年、1929年3月に日本製紙、典具帖紙(てんぐちょうし)(良質のコウゾ繊維を原料とし紗(しゃ)を使って薄く手すきした和紙を作っていました)の争議、5月に四国製作所ストライキ、8月に片倉製糸のストライキ、7月に米穀検査反対の農民闘争、11月に漁民騒動事件が起こりました。

さらに、翌1930年5月に四国生糸のストライキ、6月に安芸電気料値下げ闘争が起こりました。

たたかいのなかで、1929年6月に『戦旗』高知支局ができ、7月には日本労働組合全国評議会（全協）高知地方協議会ができました。

同年11月には全協指導下の労働組合分会が土佐セメント、土佐電鉄、土佐バス、高知郵便局、丸一製紙、片倉製糸などに広まっていきました。

こうしたなかで、１９３０年４月23日には治安維持法でいっせい検挙がありました（これは、高知での最初の治安維持法違反事件でした）。

１９３１年には、５月に内国通運のストライキ、８月には下川工場のストライキがありました。

吉田豊道さんは、こうした動きの最中の１９３１年４月に、高知に帰ってきたのです（高知県における共産主義運動の足跡編集委員会『高知県における共産主義運動の足跡』。１９７３年４月15日。高知民報社）。


……岡山から帰った槇村［吉田豊道さんのこと］は〝プロレタリア科学者同盟〟中央との連絡の線を持って帰ってきた。そして友人の毛利孟夫、奴田原三郎らをメンバーとしてプロ科高知支局を確立した。

ここでいう「プロレタリア科学者同盟」は、プロレタリア科学研究所のことだと思います。月刊機関誌『プロレタリア科学』を出していました。

吉田豊道さんと毛利孟夫さんは、中学生のころ、『戦旗』読者班で一緒でした。

奴田原三郎さんは、中学海南学校のころ、吉田豊道さんと同級でした。

1931年5月、高知で日本プロレタリア作家同盟高知支部作りが始まります。

そのことについて、弘田競さんが書いています(「誇り高き青年群像」=高知県における共産主義運動の足跡編集委員会『高知県における共産主義運動の足跡』。1973年4月15日。高知民報社)。

弘田競さんは、1930年、大阪の関西学院英文科を卒業後、日本プロレタリア作家同盟大阪支部に入っていました。その弘田さんが、1931年4月、徴兵検査のため高知市に帰ります。彼は、召集令状が来る日まで高知にとどまり、日本プロレタリア作家同盟高知支部を組織しようと思いたちます(当時の自宅は高知市大膳町)。

5月には、佐野順一郎さん、城東商業学校（いまの学校法人高知学園高知中学高等学校）の創立者・信清権馬さんの三男・信清悠久さん、高知県立高知工業学校を出て高知市の日本赤十字社高知県支部療院（１９４３年1月、高知赤十字病院と改称）のレントゲン科に勤めている毛利孟夫さん、高知高等学校文科生で学内の社会科学研究会の会員の井上清（きよし）さん（高知県生まれ。１９１３年12月19日～２００１年11月23日。歴史学者）と一緒に高知支部を作ることになりました。

7月上旬、信清悠久さんは、高知市の「片町―堀詰から南へ松淵を通りぬけて堤防へかかる手前、西側」の、しもた屋に転居し、２階の8畳間を日本プロレタリア作家同盟高知支部準備会に提供しました。

吉田豊道さんが、この日本プロレタリア作家同盟高知支部準備会への加入を申し込みます。

『高知県における共産主義運動　戦前の思い出』（１９９０年7月1日発行。治安維持法犠牲者国家賠償同盟高知県本部）に載った弘田競さんの文章「誇り高き青春群像」を引用します（自分のことを「弘田」と書くなど小説風の文章になっています）。

……［日本プロレタリア作家同盟］支部準備会発足のニュースが新聞に出て数日後の日暮れどき、紺かすりの単衣［たんい。ひとえの着物］に草履［ぞうり］ばきの男が訪ねてきて、「ぼくを作家同盟に入れてください。きっと期待を裏切りませんから」とたのむのであった。

男は二十歳前後か、背丈は佐野と同様一メートル五十程度、頭髪は天然パーマで、ニキビだらけの白い顔だったが、その青いまでに澄んだ瞳に、弘田は、純粋で、しかも、退くことを知らない強固な意思を感じとった。これが弘田と吉田豊道（槇村浩）の初対面であり、支部準備会は槇村の加入を認めたうえ、九月はじめ、全員を同盟員に推薦することを決議した。

（中略）九月十日過ぎ、弘田は本部へ送る同志たちの推薦状を書いた。

弘田はその文中で、信清たちが、政治的、文学的経歴よりも、その将来性を期待して審議すべきことを要望した。それは「ナップ」六月号所載の〝プロレタリア芸術問題―蔵原惟人〟［くらはらこれひと。東京生まれ。１９０２年１月26日～１９９１年１月25日。評論家。１９２３年、東京外語大学国語学校露語科卒業。１９２５年２月～１９２６年11月、ソ連に留学。帰国後の１９２６年、『文学戦線』の同人に。１９３２年、治安維持法違反で検挙。１９４０年、非転向で出所］によって、芸術（文学を含めて）運動の再組織が提唱されたことから、弘田は文学を武器として階級闘争に参加するものは、たとえ無名の作家志望者、文学愛好者であろうとも、ひとしく同盟員として活動の場を与えるべきだと解釈したからであり、また、同志全員の熱意に応えるためでもあった。

（中略）

次は組織の運営費であるが、会社や商店のように自己資金はもとより、運営資金の借り先きはなかった。家賃は信清がわずかな退職金と貯金で払ってくれたが、それとてもいつまでつづくわけのものでもなく、正常にはいる資金といえば、本部発行の出版物を売りさばいて入る歩合いと、シンパ［支持者］のカンパだけであった。したがって、切手代、交通費、原紙、用紙代など同志の持ちよりであり、これも信清におんぶすることが多かった。その上、臨時の支出を必要とするときは、信清の妻君に泣きつくと、彼女は泣きほくろの愛くるしい顔にいやな表情もみせず、快よくたんすの衣類を質屋に運ぶのであった。このような経済的に苦しいことはかねての覚悟と、同志たちはほがらかそのものであり、創作とその合評会、サークルづくり、本部出版物の販売など、多忙な毎日を送っていた。こうして、日本の中国大陸侵略が南満から北満へと拡大しつつある九月末に、本部書記局の猪野省三［いのしょうぞう。プロレタリア児童文学作家。1905年7月20日～1985年1月8日］から、中央委員会において全員を同盟員として承認したことを通知してきた。

その日、同志たちは事務所の机を取り巻いて、本部の承認通知を回読したが、その一人ひとりの表情には、輝かしい「日本プロレタリア」作家同盟の一員として、正式に加盟を認められた誇りに若い胸を躍らせているようであった。「おめでとう………」

弘田が机上に手をのばすと、われもわれもと彼の手を握り返した。

二十四歳の弘田を最年長に、二歳年下の佐野、信清とつづき、毛利、井上、吉田の十代三人とともに、総員六名の日本プロレタリア作家同盟高知支部が、ここに誕生したのである。

こうして、1931年11月、日本プロレタリア作家同盟高知支部が結成されます(猪野睦さん『埋もれてきた群像――高知プロレタリア文学運動史――』。2004年11月20日。大鳥)。

これまでに見てきたように、吉田豊道さんは、子どものころは神童といわれた頭の良い子でしたが、中学校に入ってから戦争への動きに直感的に反発するようになりました。中学校を出てからは、日本プロレタリア作家同盟高知支部俊美会の仲間と親しむ中で反戦詩を創作するようになっていきます。

日本プロレタリア作家同盟高知支部で一緒だった信清悠久さんが、このころの槇村浩さんについて、こんなエピソードを語っています(「献辞」=槇村浩の会『ダッタン海峡　第8号』。1992年6月1日)。

僕が君［槇村浩さん］と一緒に、プロレタリア文学運動、反戦運動にたずさわったのは、一九三一年九月から翌三二年四月の一斉検挙までの僅［わず］か八ヶ月間にすぎない。しかし、その八ヶ月はまことに充実した青春の日々であった。絶対主義的天皇制下のあの暗黒時代に〝天皇〟とは絶対に言わず、いつも〝ヒロヒト〟と呼び捨てにしては、ペロリと舌を出してみせた君の青春のさわやかさをどうして忘れられよう。

ヒロヒトは、裕仁。昭和天皇（1901年4月29日〜1989年1月7日）のことです。

第９章　詩「生ける銃架――満洲駐屯軍兵卒に――」

槇村浩さんの反戦詩の第1作は、「生ける銃架――満洲駐屯軍兵卒に――」でした。

槇村浩さんの「間島パルチザンの歌」が生まれたころ

槇村浩さんと毛利孟夫さんが、１９３１年末に文化運動について話し合ったことが、毛利孟夫さんの「『旧友』としての槇村のこと――『間島パルチザンの歌』が出来た頃――」（槇村浩の会『ダッタン海峡　第８号』。１９９２年６月１日）に載っています。

一九三一年の末、二人で文化運動について話しあっていて、われわれの陣営内の詩人たちの作品がレトリックの点において純粋詩派にはなはだ劣っていることが話題となり、レトリックの向上のためには訳詩が良い、「まず乃公（だいこう）からというから、やってみよう」ということで、槙村はエドガー・ポウの〝ユリイカ〟を、私はランボーの〝酔いどれ船〟をメーデーまでに仕上げては……と話しがすすんでいたが、槙村が、「ランボーといえば先日図書館で読んだが……富永太郎が」と真顔になって話し出した。

それは――――富永は何かの雑誌で、

『抒情の叙事史的進展［叙事詩的進展か］という方法の点で　ランボーの〝酔ひどれ船〟に学ばなければならない』

と言っていたと言うことである。

槙村はそれについて自分の意見を述べた。「抒情というのは、まず、社会における個人の創造性の自覚であるというのだろう。この出発点は純粋詩派でもわれわれのプロレタリア詩でもかわりはない。それから凝集［散らばったりしていたものが、一つに集まり固まること］をめざして短詩型をとるか、あるいは論理的若［もし］くは叙事詩展開を心掛けて長い詩となるかは　ひとにより、時により、またことによりけりだろうが、この展開で思想性がハッキリするわけだ。」そして自分の詩について語った。

（『生ける銃架』は詩作ノートの中の草稿としてあった）

「『生ける銃架』の素材は、詩の中のビラまきの光景を中心に配列されて、悪く言えば、叙景と抒情と標語の羅列に終っている感がある。

「抒情の叙事史的展開［叙事詩的展開か］」となるよう文を練り直してみたいと思う。ランボーの『酔ひどれ船』にはよく言われるように、パリ・コンミューンの頃の二、三年の個人的体験がよみこまれている。絢爛［けんらん］たる措辞［そじ。詩歌・文章などの言葉の使い方］の集積だけではない。

抒情の叙事史的展開［叙事詩的展開か］とはそれを言うだろう。」

彼の言うことはこういうことだった。

そして、『生ける銃架』をも素材をみなおして叙事詩（譚歌（バラード）ではなく）に展開させてみたい、ということであった。

こういう話し合いがある中で『間島パルチザン』の初稿がつくられつつあった。

パリ・コンミューンや国際婦人デーの盛りたくさんな行事のある三月を前にしての頃である。彼はその草稿を浜田勇や池本良三郎に、また信清悠久にも、一部を読んで聞かしていたとのことである。

また、一九三二年春、『働らく婦人』にであったと思うが、パリコンミューンと詩人たちの関連の記事が出ていた。

多分、大江満雄の文章だったと思うが、ルイズ・ミシェルの詩の紹介が書かれ、地域でのストライキ闘争をうたったものだった。

その中の一行に

「わたしたちブルターニュの男と女」というのがあった。

槇村は、

「これは良い、ブルターニュ地方と咸鏡道地方［かんきょうどうちほう］は、フランスと朝鮮にあってともに反抗的ということで中央権力に差別待遇をうけたことがあるのだ」

と言ってあの　効果的なリフレーンの句

「おれたちは咸鏡［かんきょう］の男と女」

を書きしるしたことだった。

『間島パルチザンの歌』は、槇村もまた私も活字になったのを見たのは一九三六（昭和十二）年になってであった。

言葉の説明をします。

レトリック＝文章に豊かな表現を与えるための技法。

乃公（だいこう）＝わがはい。

ランボー＝1854年〜1891年。フランスの象徴派の詩人。

富永太郎＝東京市本郷湯島〈今は東京都文京区〉生まれ。1901年5月4日〜1925年11月12日。詩人。

パリ・コンミューン＝1871年3月18日〜1871年5月28日の72日間存在したフランス・パリの革命政権。

『働らく婦人』＝日本プロレタリア文化連盟（コップ）が1932年1月に創刊。編集長は中条（宮本）百合子さん。今野大力さんも編集に参加。

国際婦人デー＝女性解放をめざす国際的な連帯行動の日。3月8日。

大江満雄＝1906年、高知市宿毛町〈今は宿毛市〉生まれの詩人。著書に『大江満雄詩集　日本海流』（1943年8月25日。山雅房）。

ブルターニュ＝フランス北西部、ブルターニュ半島を中心とする地方。

槇村浩さんが、この詩を執筆していたころのことを、弘田競さんが、「誇り高い青春群像」＝『高知県における共産主義運動　戦前の思い出』（1990年7月1日発行。治安維持法犠牲者国家賠償同盟高知県支部）で、以下のように書いています。

一九三一年十月（昭和六年）中旬のある日、弘田が［日本プロレタリア作家同盟高知市支部準備会の］事務所へ帰ると押し入れから、「オオ、セマリクルカクメイノドトウ、アムールノ……」といっているような低い声がもれてきた。押し入れをあけると、吉田がひる寝をしていて、寝言をいったのである。（中略）

吉田が押し入れから寝ぼけ眼で出てきた。そして、ふところ手をして部屋をぐるぐる歩きはじめ、しばらくして立ち止まると、たもとから広告のチラシを取りだして、その裏になにかを書きつけては、また、ゆっくり歩きはじめた。（中略）そうかと思うと、彼は暇を見つけては図書館へゆき、参考資料をあさり読んだが、それに疲れると、ほこりっぽい街を乗り出し（グランド通り）から柳原の堤に出て、すぐ西にそびえるチャンピオン碑［1917年10月、曲芸飛行中に墜落して死亡したアメリカ人・フランク・チャンピオンの碑］の礎石の上に横たわり胸に刻みつけた未完成詩の一節一節を口ずさむのであった。それから堤をおりて桑畑の日当たりで、チラシの裏に新しい一節を書きくわえ、もう一度声高く冒頭から読みあげて、推敲

［すいこう］に推敲をかさねるのである。

　ある日、弘田が新京橋を通りかかると、彼の前を一台の荷車が映画の絵看板を積んでゆくのにあった。車をひくのは南栄喜（この直後結成した日本プロレタリア美術家同盟―ＰＰ高知支部の中心人物）であり、あとを押すのが吉田であった。吉田は尻からげで鉢巻き姿であった。南が世界館の看板書きを請負っていて、その顔で吉田はときどきロハで映画をみせてもらっていたのだが、それがあまり度［たび］かさなるので、その日は看板運びを手伝って、切符きりのおっさんの機嫌をとろうとの考えでこの姿かもしれなかった。彼にはそんな茶目っ気な面もあった。

　弘田も車を押してやろうとしたとき、吉田が車から手を放して、ふところから二つに折った原稿用紙をとりだして「目を通してから意見をきかせとうぜよ」といった。

　弘田はその原稿を受け取ると、使者屋橋をこえて南へまっすぐ歩いた。彼がその原稿をよんだのは、引き潮に干あがった鏡川原であり、それが、「生ける銃架」の原稿だったが、作者名は未記入のままであり、その最後の一節に「おお、迫りくる革命の怒涛、遠くアムールの岸をかむ波の響きは……」とあるところで、弘田は先日の吉田の寝言が、やはりこの一節を生むための苦心だったことに思いあたって胸をうたれた。

弘田はその詩を二度三度と読み返しながら、これは日本帝国主義の強盗的大陸侵略に対する告発状であるとの感銘をおぼえた。

それはプロ文学者「プロレタリア文学者」のすべてが、いまこそ取りあげるべき緊急課題でありながら、誰もが卑怯にも避けているテーマであり、吉田はそれをこの詩の中で大胆に取り上げて、日本帝国主義に挑戦状をたたきつけたわが国最初の反戦長編詩だと評価した。しかし、詩の本質が読者大衆の意識の底に潜在する、かすかな記憶の世界に呼びかけて新しい心理的経験と感動を与える言葉の暗示力だとすれば、その影響力をより効果的に果たすため、作詩上の技術面での不満がないでもなかった。それはこの詩で呼びかける対象によって、主体となる人物―「おれ」と「おれ達」が日中両国人に分裂していることであり、これを日中人いずれかに統一することによって、読者により激しい衝撃を与えることに役だち、完ぺきな傑作となりうるからである。弘田が批判すべき箇所をこの一点にしぼったとき、吉田が川原へおりてきた。「どうじゃったぞのう?」とはにかみ顔であった。弘田が卒直に右の一点を指摘すると、吉田はうなずいてきいていたが、「ありがとう……」と一言いって原稿をふところに入れ、さっさと川原を歩いていった。そして、道路にあがると、落陽のなかにたたずみ、弘田を振り返ってほほえみながら手を振ってみせた。

柳条湖事件の翌月の1931年10月24日、槇村浩さんは「生ける銃架――満洲駐屯軍兵卒に――」を書きあげて、原稿を、東京の『戦旗』社に送ります(全日本無産者芸術連盟の『戦旗』は1928年5月~1931年12月まで全41号を発行)。

槇村浩さんの詩「生ける銃架――満洲駐屯軍兵卒に――」は、『大衆の友』2月創刊号(1932年2月10日発行。日本プロレタリア文化連盟出張所)に載った3ページにわたる詩で、1ページ目の下には進軍する日本兵のイラストがありました。

生ける銃架

——満洲駐屯軍兵卒に——

槇村　浩

高粱の畠を分けて銃架の影はけふも續いて行く
銃架よ、お前はおれの心臓に異様な戰慄を與へる——血のやうな夕日を浴びてお
前が默々と進むとき
お前の影は人間の形を失ひ、お前の姿は背嚢に隠れ
お前は思想をもたぬたゞ一箇の生ける銃架だ
きのふもけふもおれは進んで行く銃架を見た
列の先頭に立つ日章旗、揚々として肥馬に跨る将軍たち、色蒼め疲れ果てた兵士

の群——
おゝこの集團が姿を現はすところ、中國と日本の壓制者が手を握り、犠牲の××
は二十二省の土を染めた
(だが經驗は中國の民衆を敎へた!)
見よ、愚劣な×旗に對して拳を振る子供らを、顏をそむけて罵る女たちを、無言
のまゝ反抗の視線を列に灼きつける男たちを!
列はいま奉天の城門をくゞる
——聞け、資本家と利權屋の一隊のあげる歡呼の聲を、
軍樂隊の吹奏する勝利の由を!
やつら、資本家と将軍は確かに勝つた!——だがおれたち、どん底に喘ぐ労働者
農民にとつてそれが何の勝利であらう
おれたちの唇は歡呼の聲を叫ぶにはあまりに干乾びてゐる
おれたちの胸は凱歌を擧げるには苦し過ぎる
やつらが勝たうと負けようと、中國と日本の兄弟の上に×壓の鞭は層一層高く鳴

り
暴×の鞭は更に烈しく喰ひ入るのだ！

おれは思ひ出す、銃劍の冷く光る夜の街に
反×の傳單を貼り廻して行つた勞働者を
招牌の蔭に身を潜め
軒下を忍び塀を攀ぢ
大膽に敵の目を掠めてその男は作業を續けた
彼が最後の一枚に取り掛つた時
歩哨の鋭い叫びが彼の耳を衝いた
彼は大急ぎでビラを貼り「ルビの　れ　が横になっています」
素早く横手の小路に身を躍らせた
その時彼は背後に迫る靴音を聞き
ゆくてに燦めく銃劍を見た

彼は地上に倒れ、次々に×き×される銃×の下に、潮の退くやうに全身から脱け
て行く力を感じ
おとろへた眼を歩哨の掲げた燈に投げ
裂き捨てられ泥に吸はれた傳單を見詰め
手をかすかに擧げ、唇を慄はし
失はれゆく感覺と懸命に闘ひながら、死に至るまで守り通した黨の名をとぎれ〳〵
に呼んだ
……中、國、共、×、×、萬［党］……

――秋。奉天の街上で銃架はひとりの同忘を奪ひ去つた
しかし次の日の暮れ方、おれは歸りゆく勞働者のすべての拳しの中に握り占めら
れたビラの端を見た電柱の前に、倉庫の横に、風にはためく傳單を見た同志よ安ん
ぜよ、君が死を以て貼り付けたビラの跡はまだ生々しい
殘された同志はその上へ次々に傳單を貼り廻すであらう

白樺と赤楊の重なり合ふ 森の茂みに銃架の影はけふも續いて行く
お前の歴史は流×に彩られて來た
かつて龜戸の森に隅田の岸に、また朝鮮に臺灣に滿洲に
お前は同志の咽を×き胸を×り
堆い死屍の上を×に醉ひ痴れて突き進んだ
生ける銃架。おう家を離れて野に結ぶ眠りの裡に、風は故郷のたよりをお前に傳へないのか
愛するお前の父、お前の母、お前の妻、お前の子、そして多くのお前の兄妹たちが、土地を逐はれ職場を拒まれ、飢えにやつれ、齒を喰ひ縛り、拳を握つて、遠く北の空に投げる憎しみの眼は、かすかにもお前の夢に通はぬのか
裂き捨てられる立禁の札。馘首に對する大衆抗議。全市を搖がすゼネストの叫び。雪崩れを打つ反×のデモ。吹きまく 彈×の嵐の中に生命を賭して鬪ふお前たちおれたちの前衞、あゝ××××！
——それもお前の眼には映らぬのか！

生ける銃架。お前が目的を知らず理由を問はず
お前と同じ他の國の生ける銃架を射×し
お前が死を以て衞らねばならぬ前衞の胸に、お前の銃剣を突き刺す時
背後にひゞく萬国資本家の哄笑がお前の耳を打たないのか

突如鉛色の地平に鈍い音響が搾裂する
砂は崩れ、影は歪み、銃架は×を噴いて地上に倒れる
今ひとりの「忠良な臣民」が、ここに愚劣な生涯を終へた
だがおれは期待する、他の多くのお前の仲間は、やがて銃を×に×ひ、剣を後に
×へ
自らの解放に正しい途を撰び、生ける銃架たる事を止めるであらう

起て滿洲の農民勞働者
お前の怒りを 蒙古の嵐に鍊へ、鞍山の溶鑛爐に溶かし込め！

おう迫りくるも×の怒濤！（注・原文では　も　が横になっています）
遠くアムールの岸を噛む波の響きは、興安嶺を越え、松花江を渡り、哈爾賓の寺院を搖すり、間島の村々に傳はり、あまねく遼寧の公司を搖るがし、日本駐屯軍の陣營に迫る
おう、國境を越えて腕を結び×の防塞を築くその日はいつ。

――一九三一・一〇・二四――


この詩の、わかりにくい言葉などを読み解いていきます。

銃架＝銃を支えて保持する器具です。銃を地面に設置したり車両や船舶などに取り付けるために用いられます。この詩では、日本軍の中国東北部の満洲に派遣された満洲駐屯軍兵卒を「生ける銃架」だとしています。

高粱＝イネ科の一年草、モロコシの一種で実も食用、醸造用とします。

二十二省＝中国すべての省のこと。

奉天＝満洲の都市。１９３１年9月18日の満洲事変（奉天北方の柳条湖の鉄道爆

破事件を契機とする日本帝国主義の中国東北部侵略戦争）の勃発後、遼寧省奉天（いまの瀋陽市）に日本の関東軍の土肥原賢二さんを首班とする奉天市政府が成立します。

伝単＝ここでは、相手国民、兵士の戦意喪失を目的として配布する宣伝用の印刷物（ビラ）。

招牌＝看板。

歩哨＝軍隊で、警戒・監視の任にあたること。また、その兵士。

赤揚＝カバノキ科ハンノキ属の落葉高木。

かつて亀戸の森に隅田の岸に……＝関東大地震のときの亀戸事件のことです。1923年9月1日午前11時58分、関東大地震が起きました。次の日、9月2日に成立したばかりの山本権兵衛内閣は翌9月3日、東京府と神奈川県に戒厳令をしき、軍隊を動員しました。混乱のなかで、朝鮮人や社会主義者が暴動をたくらんでいるというデマが流され、多くの町内で在郷軍人や青年団が「自警団」を組織し、朝鮮人に襲いかかりました。軍隊も、特に江東方面では朝鮮人を「敵」として追いたて殺害しました。9月3日、被害者救援のため活動中の南葛労働会の本部から、川合義虎さん（21歳）＝日本共産青年同盟委員長＝と、居合わせた労働者・山岸実司さん（20歳）、鈴木直一さん（23歳）、近藤広造さん（19歳）、加藤高寿さん（26歳）、北島吉蔵さん（19歳）、さらに同会の吉村光治さん（23歳）、佐藤欣治さん（21歳）、純労働組合の平沢計七さん（34歳）、中筋宇八さん（24歳）が相次ぎ亀戸署に留置されました。同署では、その夜から翌日にかけて、多数の朝鮮人が虐殺されました。川合義虎さんら10人は軍に引き渡され、9月5日未明、近衛師団の騎兵第十三連隊の兵士によって刺殺されました。

立禁の札＝立ち入り禁止の札。

「忠良な臣民」＝、明治天皇が１８９０年10月30日に発布した「教育ニ関スル勅語（教育勅語）」の一節「朕（ちん）が忠良の臣民たるのみならず」のことです。

蒙古（もうこ）＝モンゴル高原に居住する遊牧民の居住する地域。

鞍山（あんざん）＝中国東北の市で、鉄が産出されることで知られています。

アムール＝ユーラシア大陸の北東部を流れる川。

興安嶺（こうあんれい）＝中国北東部にあるターシンアンリン山脈とシヤオシンアンリン山脈の総称。

松花江（しょうかこう）＝ユーラシア大陸・中国東北部を流れる川。

哈爾賓（はるぴん）＝中国の松花江中流の南岸にある工業都市。

間島（かんとう）＝豆満江以北の満洲にある朝鮮民族居住地（現在は、中華人民共和国吉林省の延辺朝鮮族自治州一帯で、中心都市は、延吉。豆滿江をはさんで北朝鮮と向かい合っています）。

遼寧（れいねい）＝満洲の省の一つです。

公司（こんす）＝会社のことです。

この詩は、中国東北部の満洲に派遣された満洲駐屯軍兵卒の姿を描きながら、彼らに侵略の先兵たることをやめよう、銃を後ろに狙い、剣を後ろに構え、みずからの解放に正しい道を選び、生ける銃架たることをやめよ、と訴えています。民族と国境を超えた日本と中国の民衆の連帯と決起で、大日本帝国の侵略をやめさせようと呼びかけています。

「生ける銃架」は、どういう風に迎えられたでしょうか

当時、槇村浩さんの「生ける銃架――満洲駐屯軍兵卒に――」は、プロレタリア詩の仲間たちに、どういう風に迎えられたのでしょうか。

この詩の発表当時の、この詩への評価を見ました。話をもとにもどします。『プロレタリア文学』1932年4月増刊号に、詩人・佐野嶽夫さんが「詩に関する断片」という文章を書いています。

彼は、そのなかの「反戦詩」という項目で「サトーハチロー、北原白秋、西條八十等のブルジョア詩人が好戦的な小唄を次々と発表しているのに対して、我々プロレタリアート詩人の立ち遅れは厳重に批判する必要がある。」としています。この論考で彼が反戦詩と唯一評価しているのが『大衆の友』創刊号に載った槇村浩さんの「生ける銃架――満洲駐屯軍兵卒に――」です。

「……『「生ける銃架――満洲駐屯軍兵卒に――」』には部分的な欠陥はあるが全体として、相当高く評価されるべき詩だと思ふ。」としています。

この文章のサトーハチローさん（東京都牛込生まれ。1903年5月23日〜1973年11月13日。詩人、童謡作詞家、作家）の「好戦的な小唄」については、どういうものだったのか分かりません。

北原白秋（きたはらはくしゅう）さん（1885年1月25日〜1942年11月2日）の「好戦的な小唄」とは、どういうものだったのでしょうか。

1932年4月以前で作品を調べたら、同年2月21日の大阪朝日新聞の子ども向けのページに詩人・北原白秋さんの「戦（いくさ）ごつこ」が掲載されていました。

これのことでしょうか。

戦（いくさ）ごつこ

北原白秋

鉄の兜［かぶと］に、機関銃、
機関銃、
進め、名誉の聯隊旗。
　ツラ、トラ、タッタ、チチタッタ。
走れ、野砲に装甲車。
装甲車、
赤い夕陽だ、満州だ。
　ツラ、トラ、タッタ、チチタッタ。
駆けよ、蹴とばせ、雪、氷、
雪、氷、

零下二十度、こりやすごい。
ツラ、トラ、タッタ、チチタッタ。

（以下略）

子どもたちを戦争に誘いこむ詩といえるのではないでしょうか。

西條八十さん（東京市牛込区牛込方町〈東京都新宿区払方町〉生まれ。1892年1月15日～1970年8月12日。詩人、作詞家）の「好戦的な小唄」についても不明です。

話をもとにもどします。

1932年6月出版の中野重治さん編輯（へんしゅう）の『プロレタリア詩の諸問題』（叢文閣）に、「生ける銃架——満洲駐屯軍兵卒に——」の批評が載っています。

森山啓（けい）さん（新潟県出身。1904年3月10日～1991年7月26日。詩人、小説家）は、同作品を評価しつつ、「一人の×××の身になり切つて充分な醗酵の後に歌つたらもつと成功したに違ひない」と指摘しています。

戦後の「生ける銃架――満洲駐屯軍兵卒に――」についての評を見ます。壺井繁治さん著『回想の詩人たち』（1970年9月30日。新日本出版社）では、この詩を次のように評しています。

……中国侵略戦争に駆りたてられた日本の兵士を「生ける銃架」という言葉で表現したこと、この言葉は作者が詩的に創りだした言葉であるとともに、この新しい言葉にすでに作者の「批評」があるということを忘れてはならない。一八、九歳の少年で、詩を書きはじめる場合、一般的に甘い抒情詩にとりつかれるものだが、槇村浩がこの年齢で、こういう詩を書いたということは、彼の資質ということにも関係するであろうが、彼が少年の身で、はやくもこの時代の空気をどう呼吸し、どう生きてゆこうとしたのかということにかかわるもんだとして、今日考えてみなければならない。

分銅惇作（ぶんどうじゅんさく）さん、吉田熙生（よしだひろお）さん編『現代詩物語　激動の時代を貫く抒情の系譜』

（1978年8月30日。有斐閣）は、この詩を絶賛しています。

……槇村浩は「満洲駐屯軍兵卒に」というサブ・タイトルをつけた反戦詩「生ける銃架」を昭和七年［1932年］の『大衆の友』に発表し、『一九三二年日本プロレタリア詩集』に再録された。

高粱（こうりゃん）の畠を分けて銃架の影はけふも続いて行く
銃架よ、お前はおれの心臓に異様な戦慄を与える――血のやうな夕日を浴びて
お前が黙々と進むとき
お前の影は人間の形を失ひ、お前の姿は背嚢（はいのう）に隠れ
お前は思想を持たぬたゞ一箇の生ける銃架だ
きのふもけふもおれは進んで行く銃架を見た
列の先頭に立つ日章旗、揚々として肥馬に跨る将軍たち、色蒼ざめ疲れ果てた兵士の群――

おゝこの集団が姿を現はすところ、中国と日本の圧政者が手を握り、犠牲の鮮血は二十二省の土を染めた

そして、終りに近く

突如鉛色の地平に鋭い音響が炸裂する
砂は崩れ、影は歪み、銃架は血を噴いて地上に倒れる
今ひとりの「忠良な臣民」が、こゝに愚劣な生涯を終へた
だがおれは期待する、他の多くのお前の仲間は、やがて銃を後に狙ひ、剣を後に構へ
自らの解放に正しい途を選び、生ける銃架たる事を止めるであろう

と、プロレタリアートの怒りのあとに何が来るかを予想した。ここには、中国共産党への期待と日本共産党への期待が、反戦というところで一つのものとなるイン

ターナショナルな「人民の団結」がうたい込まれている。資本主義から帝国主義に進まざるをえない論理に対して、反戦から革命へと突き進むべきプロレタリアートの論理を導き出したのは、あの当時の政治運動のなかで当然行きつく一つの類型であったとしても、日本の現代詩がここまでテーマを拡大しえたことは、やはり「プロレタリア詩」の成果として十分評価されていいはずである。

この「生ける銃架」は単なるアジ詩ではなかった。それ以上に硬度の詩として自立し、人殺しとして戦争の本質をあばき出した反戦文学の一つの峰ともいうべき「時代の遺産」となった。

木村幸雄さんも、『講座・日本現代詩史　第三巻　昭和前期』の「第二講　プロレタリア詩史」で、この作品を次のように評価しています。

木村幸雄さんは、1932年当時の日本の戦争の状況に触れ、「このような緊迫する世界大戦の危機は、プロレタリア詩人たちに、鋭い反戦意識と切実なプロレタリア国際主義の自覚をいだかせ、プロレタリア国際主義にもとずくすぐれた反戦詩を書かせた。」とし、槇村浩さんの「生ける銃架――満洲駐屯軍兵卒に――」、橋本正一さんの「中国の同志へ手をさしのべる」、今野大力さん（こんのだいりき。宮城県丸森町生まれ。１９０４年２月５日～１９３５年６月19日。日本共産党員。詩人）の「屈辱――市電の一労働者に代って――」をあげたうえで、つぎのように述べています。

これらの反戦詩の代表的な作品のなかでも、とくに槇村浩の「生ける銃架」は、スローガン的な叫びにおいてではなく、リアルな視覚的なイメージにおいて、反戦とプロレタリア国際主義を密接に結びつけて歌っている点ですぐれている。

今野大力さんの詩「屈辱――市電の一労働者に代って――」は、１９３２年４月、日本プロレタリア作家同盟出版部刊の『赤い銃火〈詩・パンフレット第一輯〉』に発表されました。
つぎのような作品です。

屈辱

——市電の一労働者に代つて——

今野大力

この一本のレール
この一本のリベット
この一本の枕木
この掘割、この盛り土
このコンクリート

その上を平穏に走つて行く機関車
機関車は一つの鋲から
一つのネジ
一つの管から、一つの安全弁
その機関車に焚く一塊の石炭までも
何から何まで、ピンからキリまで
おお　これが誰の仕事の成果であるか
すべてはタコだらけの手のひらでなで
俺たちの仲間の労働がつくった

機関車はレールを辷［すべ］る
機関車は今運転されている
その機関車は軍用列車
軍用列車は、バクダンを積んでいる

銃や大砲やタンクや
それから秘密の兵器が
支那へ　支那へ
ソヴエートへ　ソヴエートへ
戦争に　戦争に

機関車を運転するのはおれたちの同志
機関車を安全線へ導くのもおれたちの同志
機関車を平穏に走らせるのもおれたちの同志
たとえ戦時は幾層倍の過労の仕事をして
いくばくかの手当が与えられ君や君の親兄弟が飯を食うとも
君たちは奴隷ではない
君たちはめくら馬ではない
ましておれたちの正面の敵

日本ブルジョア共の中国侵略戦争だ
屈辱！
たえがたきこの屈辱！
いのちをささげて
中国ソヴエートや
ソヴエートロシアの同志に
あの労働者の建設の意識に燃えた同志達に
恥なき干渉するために
武器を運ぶ屈辱！

君は機関士
君は転轍士［てんてつし］
君は線路工夫
そしておれたちは交運労働者

全線！
おれたちは日本交通運輸の大動脈
きっとおれたちは起ち上る
おれたちの力の盛り上りは
日本プロレタリアートの力の盛り上り
おれたちは
おれたちの党の指令を待つ！
決定的闘争の指令を待つ！
全線休止！
きっとおれたちは結束して起ち上る
そしてソヴエート干渉戦争のインボウ者の腕をへし折ろう
おれたちは交運労働者
新らしい日本のプロレタリア

今野大力さんは、３歳のとき北海道旭川に移住。父母は馬車鉄道の待合所をかねて雑貨店を営みますが、貧しい中で弟や妹を出生間もなく失います。しかし、今野大力さんは、逆境にめげず、幼少のころから心やさしく、仲間たちからも慕われました。

旭川時代から郵便局などで働きながらも向学心に燃えて独学に励み、17歳のころからは叙情性の豊かな作品で詩人としての才能が認められ、文学活動をつづけるなかで、民衆の生活への社会的関心をつよめていきます。

１９３１年9月、中国東北部への侵略・満州事変が始まると、今野さんは、日本プロレタリア文化連盟（１９３１年11月結成）で同じ共産青年同盟員であった今村恒夫さん、槙村浩さんらとともにひるまずたたかいました。

１９３2年3月、文化運動の広がりと発展にたいして、天皇制政府は、文化活動家４０４人を逮捕。今野大力さんは駒込警察署での拷問がもとで、人事不省におちいり釈放されます。

健康を害した今野大力さんは、奇跡的に回復すると、日本共産党員の作家・小林多喜二さん（１９０３年10月13日、秋田県生まれ。小樽高等商業学校卒業。１９３１年、日本共産党に入党。１９３３年２月20日逮捕され、同日殺されました。享年31歳）の虐殺の後、今村恒夫さん逮捕の後の赤旗（せっき）の配布などに参加します。

１９３３年には、経済学者の野呂栄太郎さん（北海道生まれ。１９００年４月30日生まれ。著書『日本資本主義発展史』。日本共産党再建中の１９３３年に逮捕され１９３４年２月19日、拷問によって死去。享年35歳）、宮本顕治さん（山口県生まれ。１９５８年10月17日～１９９７年。１９３３年、日本共産党中央委員に）の推薦で日本共産党に入党します。

死の一か月前に今野さんが書いた「小金井の桜の堤はどこまでもどこまでもつづく」で始まる詩「花に送られる」は、療養先だった東京の武蔵野の住まいから江古田の療養所へ向かう寝台自動車の自分をうたいました。

しかし、ふたたび結核が悪化し、１９３５年６月19日、31歳で永眠しました。

黙々とたたかう今野大力さんの姿は、宮本百合子さん（東京生まれ。本名・ユリ。

1899年2月13日~1951年1月21日）の小説「一九三二年の春」、「刻々」、「小祝の一家」にも描かれています。

なお、プロレタリア国際主義とは、プロレタリアは祖国を持たず、その利益は国境を越えて一致しており、資本主義社会の打倒、共産主義社会の実現のために全世界のプロレタリアは団結してたたかわなければならないとする立場のことです。

平和資料館・草の家（高知市升形）の館長だった西森茂夫さんは、「生ける銃架——満洲駐屯軍兵卒に——」について、つぎのように書いています（〝不降身・不辱志〟の詩人・槇村浩　下）＝高知詩人会議『海つばめ　14号』）。

……「生ける銃架——満洲駐屯軍兵卒に——」は、満州事変の帝国主義的本質とその侵略的意図をあますところなくとらえ、それに対するプロレタリア前衛の姿を描いている。そして、中国人民と日本人民の連帯をプロレタリア国際主義の立場で大胆にうたった。排外的なブルジョア民族主義の潮流が大きくなりつつあった当時にあってはとくに強調しなければならない原則的立場であったはずである。

高知県下で「プロレタリア文学と映画の夕」

槇村浩さんが参加した日本プロレタリア作家同盟高知支部は、１９３１年11月30日～12日2日、高知市の高知座、高岡町、山田町の３か所で「プロレタリア文学と映画の夕」を催しました。

この「夕」の講師は、日本プロレタリア作家同盟本部から招いた江口渙さん（本名・江口きよしさん。１８８７年12月20日～１９７５年1月18日）、貴司山治さん（本名・伊藤好市さん。１８９９年12月22日～１９７３年11月20日）、池田寿夫さん（本名・横山敏男さん。１９０６年8月22日～１９４４年11月9日）らでした。

高知市の吉永進さんは、高知座の「夕」に参加しました（「座談会『土佐プロレタリア詩集』をめぐって」＝槇村浩の会『ダッタン海峡　第６号』。１９８１年５月25日）。

……土居憲がふた言み言いうと弁士注意！さらに土居憲がみ言いうと禁止！。検束と言われると土居憲が場内を突っ走った。そのとき有光絢子が、止めたのになんで検束するかと叫んだ。そういう勇気のある女がいた。

有光絢子さんは、日本労働組合全国協議会日本繊維高知支部準備会のオルグです。このとき、貴司山治さんは、槇村浩さんを見かけています（貴司山治さん「私の愛する槇村浩」＝槇村浩祭高知県実行委員会『ダッタン海峡　2・3合併号』。1964年10月）。

槇村浩さんが日本共産青年同盟に加入

１９３１年12月下旬、槇村浩さんは、信清悠久さん、毛利孟夫さんらと日本共産青年同盟に加盟します。

日本共産青年同盟は、１９２３年４月５日、東京府豊多摩戸塚町字源兵衛（いまの東京都新宿区西早稲田）の暁民会事務所で創立総会を開き、非合法で結成されました。中央委員長は川合義虎さんでした。

１９３２年２月５日、日本共産青年同盟高知地区委員会が成立しました。同日、日本労働組合全国協議会高知地区協議会も結成されました。

「生ける銃架」の載った詩集が発売禁止に

この詩は、『年刊　日本プロレタリア詩集　1932年版』（1932年8月。日本プロレタリア作家同盟編。戦旗社。日本プロレタリア作家同盟出版部）の巻頭にも掲載されました。

しかし、この詩集は、権力の検閲で発売禁止になっています。東京都の国会図書館に保存されている『年刊　日本プロレタリア詩集　1932年版』の本の表紙には、発売前に検閲されて発売を禁止されたしるしがたくさん残っています。

例えば次のようなものです。

「内務省　昭和7・10・5　禁止　第2756号」

「全部不良　禁止可然哉　10・5　警視庁手配済み　望月　記入済み」

「伊藤」

などのハンコや文字です。

「生ける銃架――満洲駐屯軍兵卒に――」の部分には手書きのチェックのあとが残っています。

「お前は思想を持たぬたゞ一個の生ける銃架だ」、「色蒼ざめ疲れ果てた兵士の群れ」、「――聞け、資本家と利権屋の一隊のあげる歓呼の聲」………など、半数以上の詩句の右に傍線が引かれているのです。

「生ける銃架」に先行する反戦詩、この詩との関連性

ここで、「生ける銃架——満洲駐屯軍兵卒に——」に先行する反戦詩と、この詩との関連性を見ておくことにしましょう。

この詩は、中国を侵略する大日本帝国の兵隊に、中国の側にたってたたかうことをよびかけるというテーマが印象的ですが、こうしたテーマの詩は、この槇村浩さんの作品以前にもありました。

赤木茂さんの『敵は俺達の背後にいるんだ！」（『新興文学』。1929年3月号）の主人公は、吹雪の中を進軍する日本の兵士です。

敵は俺達の背後にいるんだ……

（前略）
俺達の兄弟は云つた「敵は俺達の背後にある」と、

そうだ俺達の敵はまさしく俺達の背後で、
ま赤な舌を出しているブルジヨア×××階級だ。
おお仲間よ　俺達の兄弟！
俺達は全部廻れ右をしてあのブルジヨアへ向つて×しよう。
俺達は、も早こんな馬鹿気た進軍をやめるんだ。
××主義××に向かつて戦争するんだ。

俺たちの敵は俺たちの背後にいるんだというメッセージが伝わってきます。

戎谷春松(えびすたにはるまつ)さんの「憎しみのX(エックス)」（『ナップ』　1931年6月号。「読者通信」欄に山之井諒さんの名前で発表）にも注目しました。

この詩では、中国の赤衛兵とたたかっている「日本帝国の北端を守備する兵卒」が、みずからの使っている三八式歩兵銃の菊花紋章の刻印を削りとって赤衛兵の側に立ってたたかうことを期待しています。

三八式歩兵銃四条腔線［こうせん］
腔中は常に鏡のようでなけれやいかん
上官の命令はいつも絶対だ
おいらは　たしない白木綿で
洗矢の熱するまでコスつた事だ
磨いても　磨いても晴れない腔中
初年兵の涙の目に
四条腔線の渦巻く果に
秋の空はラムネ玉のように円く青い

三八式歩兵銃
その薬室の上部に刻印された××××
いく度　噴怒と憎悪の涙でにらんだ事か
日本帝国の北端を守備する兵卒

銃剣が物凄く冴える零下三十度の星の下に
江をへだてて中国の兄弟等の
その組織する×衛軍が闘っているんだ
そして　彼等の手に握られている武器
××××の上に憎しみのX（エックス）を刻む三八歩兵銃！
おお　その日はいつ！
労働者農民の×士は　労働者農民の味方だ
憎しみの××に　Xを刻印して
ヤスリでけずりとつてだ
×旗の靡「なび」く下に
果敢に闘う！
おお　その日はいつ！
腔線（こうせん）は、発射弾に回転運動を与えるために、銃新・砲身の内面にらせん状につけた溝のこと。洗矢（あらいや）は、先端に布などがついている銃腔（じゅうこう）内を掃除する金属棒です。

「たしない」は、徳島弁で「少ない」ということです。

この詩は、満洲に派兵された「日本帝国の北端を守備する兵卒」に、三八式歩兵銃にXを刻み、赤旗のたなびくもと、中国民衆の立場に立って大日本帝国の軍隊とたたかう日の来ることを期待します。

この詩の作者・戎谷春松さんは、１９０８年8月6日に徳島県海部郡牟岐（むぎ）町で生まれました。１９２３年、大阪で高等小学校を卒業。労働者となり上京。１９２８年、労働農民党に入党、全日本無産青年同盟に加盟。１９３０年末、朝鮮平城連隊退役。１９３１年、日本労働組合全国協議会・日本化学の宣伝・組織者として活動（その後、１９３１年12月、日本共産党に入党。日本共産青年同盟に加盟。日本労働組合全国協議会中央青年部長、日本労働組合全国協議会中央委員、１９３３年、日本労働全国協議会の活動中、治安維持法違反の容疑で検挙され、懲役2年。１９３６年、出獄。戦後、日本共産党幹部会副委員長、２００５年7月28日、心不全のため死去。96歳）

第10章　高知の陸軍歩兵第四十四連隊への反戦ビラ配布

ところで、ここで少し寄り道をして当時の陸軍歩兵第四十四連隊（高知県朝倉村）に行ってみましょう。

正門を入った築山に「陸海軍軍人に賜［たま］わりたる勅諭［ちょくゆ］」（軍人勅諭）の碑があります。

この軍人勅諭は、1883年1月4日に明治天皇（1852年11月3日～1912年7月30日）が軍人に下賜（かし）したもの。「我国の軍隊は世々天皇の統率し給ふ所にそある……」にはじまる文章ですが、この碑には、そのポイントが彫られています。

勅諭拝受　五十■■記念

一　軍人ハ忠節を尽すを本文とすへし
一　軍人ハ礼儀を正しくすへし
一　軍人は武勇を尚［とうと］ふべし
一　軍人ハ信義を重んすへし
一　軍人ハ質素を旨［むね］とすへし
昭和七年［一九三二年］一月四日　歩兵第四十四連隊長秦雅尚［はたまさひさ］
謹書［きんしょ］

反戦ビラの作製と配布は、こうして……

この碑ができた翌月、1932年2月23日、陸軍第十一師団（香川県善通寺）に緊急動員令が下り、同師団に属する陸軍歩兵第四十四連隊は、この動員令によって中国・上海（しゃんはい）に派遣されることになりました。

　このことに関連して槙村浩さんたち高知の青年は反戦のビラを作り、高知市内で陸軍歩兵四十四連隊兵舎内で配布します。

　それは、2月から4月20日まで10回以上繰り返されました。

　山﨑小糸さんが、反戦ビラ配布のことを書いています（『槙村浩の生涯とその時代』＝岡村正光さん、山﨑小糸さん、井上泉さん編集・発行『槙村浩全集』。1984年1月20日）。

　山﨑小糸さんによると、2月27日に陸軍歩兵第四十四連隊向けの反戦ビラも作られていました。

　高知市西町の彫刻家・島村治文（はるみち）さん（1892年8月10日～1995年7月20日）宅の表座敷、高校生の森山正也さん（徳島県出身）、池本良三郎さんの下宿に、森山正也さん、槙村浩さん、山﨑小糸さんが集まり、それぞれ、意見を出し合ってビラの文章を作りました。

　それにもとづいて、槙村浩さんがガリを切りました。

ロウを塗った特殊な原紙を鉄板の専用のヤスリの上に置き、鉄筆という先端が鉄でできたペンで文字や絵を彫り込んでゆく作業です。

できた原紙を謄写版印刷機にかけて、400枚のビラが刷り上がったのは、夜の10時ごろでした。

ビラの見出しは「兵士諸君！　敵と味方を間違えるな」、「兵士諸君！　銃をうしろにむけろ」。

日本共産主義青年同盟の署名入りでした。

高知市旭下島の片倉紡績の前に住んでいた毛利孟夫さん、そして、山﨑小糸さんがビラを配布する役でした。

毛利孟夫さんと山﨑小糸さん

毛利孟夫さん、山﨑小糸さんは、こんな人でした。

毛利孟夫さん（高知県香美郡槇山村〈香北町〉生まれ。1912年12年15日～1993年3月25日）は、高知工業学校在学中から「戦旗」の読者会を組織。1929年6月、吉田豊道さんらと「戦旗」高知支局中学生班を構成。卒業後、高知市新本町二丁目の日本赤十字社高知支部寮院に勤務。1931年、日本プロレタリア作家同盟、プロレタリア映画同盟に加わり、吉田豊道さんらと「プロ科学」を結成します。佐野順一郎さん、弘田競さんらと高知県の高岡、秋山、仁井田などで巡回映画を催し、農民の意識向上を目指します。同年12月、日本共産主義青年同盟に加入。1932年、プロレタリア文学講演会の講師を務めます。同年2月、池本順一郎さん、浜田勇さん、山﨑小糸さん、吉田豊道さんらと日本共産青年同盟高知地区委員会を結成、地下活動に入って日本労働組合全国協議会の再建に取り組みます。

山﨑小糸さん（高知県長岡郡高須村〈今は高知市〉生まれ。1913年2月15日～1985年4月16日。享年72歳）の父は村長でした。高知県立第一高等学校（今の高知県立高知丸の内高等学校）で「戦旗」高知支局女学生班の責任者になります。在学中から新労農党に出入りし、そこで高知高等学校の岡本正光さんと連絡がつきます。1930年、中退し土佐バスの車掌になります。しかし、社会主義思想を理由に3か月で解雇されます。1931年春、高知市下知の下川じゅうたん工場に就職。高知県最初の婦人労働組合を夏までに結成。更衣室の設置や健康保険加入などを要求してストライキを起こし、高知署に1週間拘留されます。その間に組合は全面的に勝利します。釈放後、岡本さんと地下活動に入り、12月、日本共産青年同盟員になります。同月、治安維持法事件で検挙され、1か月間、高知署に留置され、起訴猶予に。

反戦ビラ配布は、こうして……

毛利孟夫さんと山﨑小糸さんは、高知市旭駅の北側にあった森山正也さん（徳島県出身）、池本良三郎さんの下宿（今も、その建物はあります）からてくてくと歩いて陸軍歩兵第四十四連隊の兵舎へ向かい、午前二時頃に兵舎につきました。

毛利孟夫さんは、高知工業学校の軍事教練のとき、この連隊で1週間の訓練を受けていました。また、同連隊の暮らしを経験した仲間からさまざまの施設やトイレの位置、同連隊の習慣などの情報を得ていたといいます。偵察中の歩哨兵が歩いているのはカッカッというはっきりした靴の音でわかること、1回の巡回に1時間かかることもこころえていました。

兵営の東側はキコク（いばら）の垣根になっていましたが、ところどころイヌが出入りできるくらいのすき間がありました。毛利孟夫さんはそこから侵入し、反戦ビラを配布しました。

山﨑小糸さんは、その門の手前で見張りをしました。

そこでの配布が終わると、近くの陸軍歩兵第四十四連隊の練兵場に行き、2人で反戦ビラを配布しました。

反戦ビラを拾った陸軍歩兵第四十四連隊の兵士

陸軍歩兵第四十四連隊の兵士だった高橋繁義さん（1909年、高知県津野町生まれ）は、同連隊内で、この反戦ビラを拾いました（飛鳥出版室『かわら版　第90号』。1990年）。

1932年2月28日午前2時ごろ、忙し過ぎて干してあったパンツの取り込みを忘れていたことに気付きパンツを取りに外へ出ました。

そのとき、第一号炊事のある垣根の穴にヒラヒラしているビラを見つけ、その二、三枚を拾い小さく折りたたんで、ズボンの右ポケットへ入れました。

その穴は、キコクとスギの間に鉄条網を張っている生け垣で子イヌが入るようなものでした。

中隊へ走り込み、石廊下から班の方を見ると、班の入り口に腕章を巻いた週番士官と憲兵が「共産党がビラを撒いた」と、皆を並ばせて服装検査をしていました。

「このビラのことだ」と瞬間的に便所へ走り込み、立つと電灯の光が入るので、立ったまま読みました。

「兵士諸君　銃口を後ろに向けろ　お前たちの敵はむこうにはいない……」という出だしで、わかりやすく、短い文章だったので完全に読み終えて、丸めて便所へ捨てました。

10回以上の高知市内、陸軍歩兵四十四連隊への反戦ビラ配布

陸軍歩兵四十四連隊は、2月28日、高知を出発しています。

陸軍歩兵四十四連隊の「連隊歴史」（1936年3月）は、このときの様子を「二

月二十八日屯営出発沿道官民の熱誠なる見送り裡［り］に二月二十九日筑波丸、八雲丸、八雲丸に乗船須崎港丸往途に就く」と書いてあります。

反戦ビラは、陸軍歩兵四十四連隊が上海に向けて出発した後も配布されました。それは、2月から4月20日まで、10回以上の行動でした。

3月14日の陸軍歩兵四十四連隊への反戦ビラ配布について井上泉さん（1916年、高知県長岡郡稲生村〈今は南国市稲生〉生まれ）が書いています（井上泉さん『遠き白い道』。1997年9月6日。高知新聞社）。

……私は高知高校共青同盟員［日本共産主義青年同盟員］による行動隊に加わりました。「兵士諸君、敵と味方を間違えるな」「兵士諸君、銃を後ろに向けろ」と書かれた激しいアジビラを持って忍び込みました。一枚でも多く兵士の目に触れるように、十人ほどが手分けして物干し場や洗面所、渡り廊下へビラを置きました。見つかれば、もちろん銃殺は覚悟の上です。不思議と命を捨てることへの恐怖心がなく、こうした若者の気持ちを利用して、国家権力は国民を戦争へ駆り立てたのだと思ったことでした。

ところで、高知の青年・中沢啓作さんは、陸軍歩兵第四十四連隊の出征の翌日、反戦ビラのことを聞きます。

「それは特高、憲兵たちのうろたえぶりをあざわらう市民の声であったが、……」（中沢啓作さん「槙村浩没後四十周年によせて――はしり書き的覚え書――」＝雑誌『日中　11月号』。1978年10月30日。日中書林）。

前出の山﨑小糸さんの手記にもありますが、3月14日にも陸軍歩兵第四十四連隊の補充隊営内、射撃場への反戦ビラの配布がおこなわれました。

浜田勇さんは、4月2日、高知県長岡郡五台山村の招魂社祭当日の反戦ビラ配布に触れています（浜田勇さん「槙村浩のことなど」＝槙村浩の会『ダッタン海峡第8号』。1992年6月1日）。

しかし如何［いか］に警戒を強めても、一人一人の兵隊に監視をつけるわけにはゆくまいし、家族の面会を禁止する事も出来ないだろう。四月二日五台山の招魂祭には、一般群衆に混って兵士達の行楽の姿が随所に見られた。真面目だが、反骨と、ユーモアに富んだ槙村［槙村浩さんのこと］らの反戦闘争のアジビラは憲兵隊の意表を突いていろいろの形で行われた。


高知高等学校の日本共産青年同盟班による行動隊（片岡薫さんら）、化学の日本共産青年同盟班のメンバーや、全協化学労働組合稲生（いなぶ）分会（石灰製造）井上泉さん（高知県南国市生まれ。１９１６年1月16日～２００３年5月18日）もビラまきに参加しています（高知県における共産主義運動の足跡編集委員会『高知県における共産主義運動の足跡』。１９７３年4月15日。　など）。

この反戦ビラも、日本共産青年同盟高知地区委員会の署名入りのものでした。

これについて井上泉さんは「……兵士の声という吉田［豊道］さんの書いたビラを（吉田さんは反戦同盟の責任者でもあったと思う）朝倉のいまの高知大学の杉垣の間からほり込み二時過ぎ帰って来た時、ようやったといはれた事が三十年昔の様には思はれません」と言っています（「吉田さんの思い出」＝槙村浩祭高知県実行委員会『ダッタン海峡　第1号』。1963年7月）。

高知高等学校の生徒たちの動きも記録されています。

高知新聞、1982年10月9日付の連載「自由の空に　旧制高知高校外史　15」（片岡薫さん）です。

……［高知高等学校の］社研［社会科学研究会］は強大なものになっていた。学内だけでなく学外の組織ともつながりを持ち、ナップ［全日本無産者芸術連盟］、プロキー［プロキノ、日本プロレタリア映画同盟のことでしょうか］、コップ［日本プロレタリア文化連盟］などの文化運動にも加わり、非合法新聞・雑誌の配布責任者となり、山本大和、森山正也、松平博、志賀邦雄、山泉錬太郎、片岡薫（10回・文甲一）たちは共産青年同盟員になっていた。社研の組織下には読者会を各クラスに持っており、学内新聞「こだま」を発行し、四十四連隊の上海出動の際には数班を組んで反戦ビラを兵営付近、［高知］市内各所に張りまわした。

ビラ配布に中学生も参加しています。堀見俊吉さんです。

彼は、高知市の高知県立城東中学校（いまの高知県立高知追手前高等学校）の5年生でした。

1927年に高知県立城東中学校に入学、高知高等学校の生徒の指導のもとに学内に社会科学研究会を作り、毛利孟夫さんの指導で日本共産青年同盟に加入して扇動（せんどう）と宣伝の組織のためのアジ・プロ部員になり、中学生班のキャップに。反戦ビラ配布に参加したため高知警察署に検挙され、半年ほどの拘留で釈放。そのため同中学校を5年生で中途退学しています（掘見末子さん著、内山寛夫さん編『掘内末子［まっす］土木技師――台湾土木の功労者――』。1990年）。

1939年に憲兵司令部が編集した『日本憲兵昭和史』（1978年8月25日発行。憲兵司令部）にも、1932年2月27日から4月2日の間に高知市内で反戦ビラが配布されたことが書かれています。「第六款　治安維持法違反事件」の項です。

第一項　第十一師團動員下令と反戦ビラ撒布

昭和七年［1932年］二月二十四日午前零時第十一師團は滿洲事變に伴［ともな］ふ應急［おうきゅう］動員令下令あり、依［よ］って高知憲兵分隊に於［おい］ても直［ただち］に非常呼集を行ひ警備警戒勤務に服せり。

元來土佐は自由民權の發祥地［はっしょうち］として自他共に之［これ］を認め、土佐の生みたる孝德秋水［幸徳秋水か］一派の大逆事件以來、海南に偏在する土佐一般の思想勞働運動の發達は著しく極左分子竝［ならびに］左傾學生等の策動尠［すくな］からず、数回［すうかい］に亘［わた］る官憲の彈壓［だんあつ］檢擧も其［そ］の効果なく常に首謀者は逃走し殘留分子と密略呼應、再建に次ぐに再建を企劃し、愈々［いよいよ］潜行的活躍を續け、殊に昭和七年一月新春早々全協共青再建しつゝある情報を入手しある折柄なれば、師團應急［おうきゅう］動員に際し必ずや彼等一派の執拗なる策動あるものと豫想［よそう］せる松村分隊長は部下一同に對し特に此［こ］の反戰策動に就［つ］き留意警戒すべく命じたり。

因［よっ］て分隊員は客年末所在不明となりたる極左分子濱田武夫及［および］

山本長藏の處在［しょざい］發見に努め、殊［こと］に分隊特務たる岩井軍曹及［および］西原上等兵の如［ごと］きは不眠不休、定時定食すること稀［まれ］にして自己職責に邁進［まいしん］し尠［すくな］からぬ家庭的犠牲を拂［はら］ひ漸［ようや］くにして高知市郊外江の口小川淵町の一軒家に潜伏し共青高知地區委員會全協高知支部協議會に關係せるものの如［ごと］く睨［にら］み、漸［ようや］く端緒を得［え］内偵の歩を進めつゝある際［高知］市中央に在［あ］る播摩屋橋土佐電氣株式會社運輸課に「戰争反對ビラ」を投入し、反軍及［および］反戰策動の傾向顯著となり、高知分隊に於［おい］ては一段の緊張味を加へ召集事務所、兵營附近、補充隊宿舎附近、並［ならびに］應召員［おうしょういん］入隊前宿舍等の取締警戒、其［その］他應召員［おうしょういん］家宅訪問、同事故調査、軍機保護、埠頭［ふとう］、停車場、自動車發着所、流言蜚語［りゅうげんひご］の取締等に並行して極左團體［きょくさだんたい］、極左分子の動靜内査に努力する等大多忙を極めたり。

而［しか］し幸ひにも動員間には何等反軍反戰策動なく動員業務及［および］軍隊の行動阻害等の事象なかりしも、二月二十七日午前二時に至［いた］り、戰争反對のビラを［高知］市内數箇所に貼付［てんぷ］したる者あり、石井上等兵は逸早［いちはや］く之［これ］を發見、當夜［とうや］中に全部回收したる爲、之［こ］れを見聞したる者なく從つて何等の反響なきを得たるも、此［こ］の種策動益々尖鋭化すべきことを豫知［よち］せられたるを以［もっ］て松村分隊長は縣警察と連絡の上一段の豫防［よぼう］に努力せり。然［しか］るに翌二十八日午前二時頃又［また］もや聯隊兵器庫裏街路に、日本共産黨青年同盟高知地區委員會署名の二種の反戰ビラ数枚投棄しあるを警防巡察中の西原上等兵發見直［ただち］に收拾すると共に聯隊衞兵に連絡營内を檢索したる處［ところ］、同聯隊南門及［および］東門附近に約五十部の同ビラの投入しあるを認め直［ただち］に之［これ］を收拾したるを以［もっ］て其［その］反響なかりき。

第二項　憲兵活躍の狀況

曩［さ］きに動員下令と同時に此［こ］の事あるを豫想［よそう］したる松村分隊長は縣警察部に連絡し憲警協力し在高極左分子三十名に對［たい］し尾行警戒すべく協定し、而［しか］も今日迄［まで］之［これ］が實行［じっこう］を續［つづ］

け來りしにも不拘［かかわらず］、前記の如［ごと］く二回に亘［わた］る反戦ビラの貼付［てんぷ］又［また］は投入ある點［てん］より観て三十名の尾行警察官に信頼することを得ざるに至［いた］り、又［また］尾行容疑者以外の者の所爲とも思はれしも、兎［と］に角憲兵としては之［こ］れに晏如［あんじょ。安らかで落ちつく］たるを得ず憲兵自ら全力を盡［つく］して策動警防すべく決意し衛戍［えいじゅ。軍隊が長い間、ある地域にとどまって警備すること］地内は勿論［もちろん］、乗船地、鐵道運送警戒取締に専念したる結果、幸ひにも反戦反軍策動其他［そのほか］軍隊の行動を阻害する等の事象なく二月二十九日午前九時歩兵第四十四聯隊をして須崎港を無事出港征途に就かしむる事を得たり。

併［しか］し反戦策動の正體［しょうたい］は尚［なお］未だ判明するに至らず、營外宿營中の補充隊は營内に移り出征軍人の家宅警戒等あるも動員前動員完結後の反軍策動犯人を捜査し、且［かつ］将来此種［このしゅ］策動の絶滅を期すること刻下の緊急要務なるを認め分隊長は部下を督勵［とくれい］し、又［また］特務者も東奔西走血眼となり捜査發見に努め、其他［そのほか］常務者も之［これ］に協力し極力其［そ］の目的達成に精進せり。

當時［とうじ］高知市東片町松淵に事務所を有したる日本プロレタリア文化聯盟高知地方協議會幹部はアヂプロ其他［そのた］の運動に於［おい］て合法、非合法を以［もっ］て官憲を僞瞞［ぎまん］せんとしあること明瞭となりしを以［もっ］て、之等［これら］を嚴密視察したるが、時既に前衛と目さるゝ毛利一雄［毛利孟夫さんのことか］は受驗の爲大阪に出發、又［また］全員は其［その］所在を晦［くら］まし、又［また］コップ事務所は自然消滅の如［ごと］く之等［これら］一味の來往なくなり愈々［いよいよ］彼等一味の地下活躍を物語るかの如［ごと］く觀察せらるるに至れり、又［また］昭和六年末より所在不明となりし街頭極左分子濱田武夫、山本長藏等と連絡し居るものの如［ごと］く感ぜらるるに至［いた］れり。

併［しか］し彼等の今日迄［まで］の活動は多く夜半に行はれあるに徴し松村分隊長は夜間の警防に力を用ひ、其［その］現行を逮捕せんと計畫し之［これ］を實行したるに今度は彼等は憲兵の裏をかきしか三月九日午後一時三十分［高知］市内播摩屋橋土佐電氣株式會社運輸課從業員詰所に對し、共靑高知地區委員會署名の過激なる反戦ビラを投入したるを以［もっ］て同社監督某が憲兵に此［こ］の旨を連絡せるを以［もっ］て直［ただち］に之［これ］を押收し其［その］反響を防止し得たり。

軍隊出征後に於［お］きても愈々此［こ］の擧の續行せらるゝを以［もっ］て憲兵分隊に於［おい］ては分隊長以下僅［わず］かに六名（三名上海に派遣）にして動員下令以來の疲勞は未だに癒［い］ゆる暇なく、更［さら］に晝夜兼行犯人の捜査、反戰策動の警防に活躍を續けること一箇月餘未だに犯人を發見する能はず隊員一同切齒扼腕［せっしやくわん］の極に達せり。

高知市帶屋町には毎日曜日には日曜市開かるゝ爲［ため］、非常なる人出あるを以［もっ］て三月十三日歩兵第四十四聯隊外出兵三名新京橋本町筋五丁目附近歩行中同市方面に向ひつゝある時一名の若者が追激なる三種の反戰檄文ニュースをハトロン封筒に入れたるものを該［がい］兵士に手交［しゅこう］せり、恰度［高知市の］市雜沓中を警戒せる松岡上等兵之［これ］を探知し直［ただち］に之［これ］を押收し犯人を追跡したるに遂に發見せざりし爲、此［こ］の旨聯隊當局に連絡し該［がい］三名に就［つ］き犯人の人相特徴等を調査したる處［ところ］、捜査中の毛利一雄［毛利孟夫さんのことか］と濱田武夫の人相に匹敵しあり、因［よっ］て先［ま］づ之等［これら］両名の所在捜査を爲［な］すことに全力を注ぎたるが、又々［またまた］三月十四日午前三時頃歩四四補充隊營内及［および］射撃場に三種の反戰檄文ニュースをハトロン封筒に入れ投入、又［また］は配布せり、其［その］數三十六袋なるが何れも幸ひ所屬隊［しょぞくたい］並［ならびに］憲兵の探知早く、之［こ］れを押收したる爲［ため］何等の反響もなかりしが、執拗なる彼らの行動は憲兵の憎悪極度に達し、憤激の涙を催ほし分隊員中には靈驗著しと稱せらるゝ［高知市の］藤並神社に參拜祈願せる者さへありて憲兵必至の努力は涙を催ほす情況なりき。

斯［か］くして不眠不休の活動も何等の効なく日時を經過するに過ぎず、因［よ］つて松村分隊長は三月十六日會報を催し爰［ここ］に捜査計畫の樹［た］て直しを行ひ、先づ聯隊附近の張込、容疑者毛利一雄［毛利孟夫］、吉田豊三［吉田豊道のことか］、信清太郎、濱田武夫、山本長藏等の所在並［ならびに］其［その］アジツトの發見、高知高校左傾學生の行動内査を實施することとせり。

此［こ］の計畫に基き岩井軍曹は高知市の中心新京橋盛場を毎日視察し居たる處［ところ］、ねぼけ食堂に於［おい］てコーヒーを飲む一青年を發見し、其［そ］の人相、態度、動作普通ならざるより同人を尾行したるに該［がい］青年は高校生にして上杉博三と云［い］ふ左傾學生なること及［および］同人は同志四、五名と毎夜浦戸町カフエー「ミス高知」に出入すること判明したるを以［もっ］て更に内偵の歩を進めたる結果、同カフエーに徳川良子と稱するコップ指導者信清太郎と同棲しある女給なること探知したるを以［もっ］て岩井軍曹は信清の居所を突止むべく三月十五日以降午前二時カフエーの閉店を待ち數回該［がい］女給を尾行したるも何［いず］れも他の女給宅に宿泊し、其［その］効果なかりしも同軍曹は尙［なお］も熱心に張込尾行を續行［ぞっこう］したるに其［その］夜［高知］市内弘岡町上一丁目附近に女給の姿消へしを以［もっ］て爰［ここ］にピントを得、翌朝内偵の結果信清は織田一平と僞名し乾某の二階を借り受け居ること判明したるに力を得、更［さら］に同家を張込視察を續行したる結果、宣傳ビラの原稿を作製し居ること、街頭分子の高校學生の出入すること、又［また］信清が之等［これら］學生に物資的援助を爲［ため］しある旨等略判明せり。

然［しか］るに三月二十六日午後一時頃共靑高地區委員會署名の反戰鬪争基金袋が［高知］市役所前に撒布され全く官憲を嘲弄［ちょうろう］しあるが如［ごと］く彼等の行動は極めて大膽不敵なりき、爰［ここ］に於［おい］て憲兵は益々信清の居所を中心に張込尾行視察を嚴密にし更［さら］に一段の確證［かくしょう］を握むべく努力を續けある時、毛利一雄［毛利孟夫さんのことか］が市内旭町に木山と僞名し又［また］吉田豊三［吉田豊道さんのことか］が市内帶屋町に森と僞名し、山本長藏が市内小高坂に三田と僞名し居住しあること判明したるを以［もっ］て、更［さら］に郵便局と連絡し探査の手を延ばしたる結果、市内潮江帶田佐竹廣志、市内北新町高明の二箇所に彼等のアドを有し居ること發見し、更［さら］に出入メンバー偵知に努めたる處［ところ］、所在不明なりし濱田武夫が市内北奉公人町四丁目に仲井と僞名し居住し居ることを探知し、爰［ここ］に大體關係者判明するに至れり。

因［よ］って松村分隊長は直［ただち］に縣警察部並［ならびに］高知地方裁判所検事局思想係鈴木検事と連絡し之等［これら］一味の檢擧實施を主張せり、當時警察側に於［おい］てもメンバーたる林元子、山崎小糸［山崎小糸のことか］、西村東錄、吉永進等の居所並［ならびに］高校左傾學生下宿等を突止め居たるを以［もっ］て極めて好都合なりしが、昭和六年末頃警察側に於［おい］て之等［これら］一味の檢擧に際し失敗しある例もあり、今回は極めて愼重なる態度を採り、暫［しばら］く檢擧を見合せ度希望出で檢事局側に於［おい］ても同意を表したる爲［ため］、憲兵は已むなく之［こ］れと歩調を合すこととせり、其［その］結果引續き之等［これら］の左傾分子を憲警協力嚴重視察しつゝ更［さら］に他のメンバー發見に努めたり。

然［しか］る處［ところ］早や歩兵第四十四聯隊上海出征部隊は三月三十一日愈々凱旋歸隊することとなりしを以［もっ］て、高知分隊に於［おい］ては出動前の左傾分子策動に鑑み、之等［これら］の策動牽制［けんせい］の傍［かたわ］ら揚陸地、衞戍地内及［および］鐵道輸送等の警戒取締に任じたる爲［ため］直接軍隊に對し働き掛けの事實なく無事屯營に凱旋せり、然［しか］れ共其後［そのご］も極左分子未檢擧の爲依然反軍策動の警防と彼等一味の捜査に努め居たる處［ところ］四月二日午後零時三十分［高知］市外五臺山に於［お］ける招魂祭に參拜せる補充隊が叉銃［さじゅう］休憩中、何者かハトロン封筒にカフエーの廣告を印刷したるもの五通置きあるを取締中の石井上等兵現認し之［これ］を披見するに、何［いづ］れも四五枚宛封入する過激なる反軍宣傳ビラなりしを発見し直［ただち］に全部を蒐集したる爲［ため］軍人は勿論一般者にも何等［なんら］の反響なかりしが、本件も亦［また］前記左傾分子一味の所爲と睨［にら］み益々捜査の手を强めた結果、一味の居住及［および］諸種の内容も漸次［ぜんじ］判明し來りを以［もっ］て最早猶豫［もはやゆうよ］すべき時にあらずと倣し憲警共同し檢事とも打合せ愈々四月二十一日午前二時を期し一齊檢擧を實施［じっし］することとなれり。

土陽新聞は号外で報じました

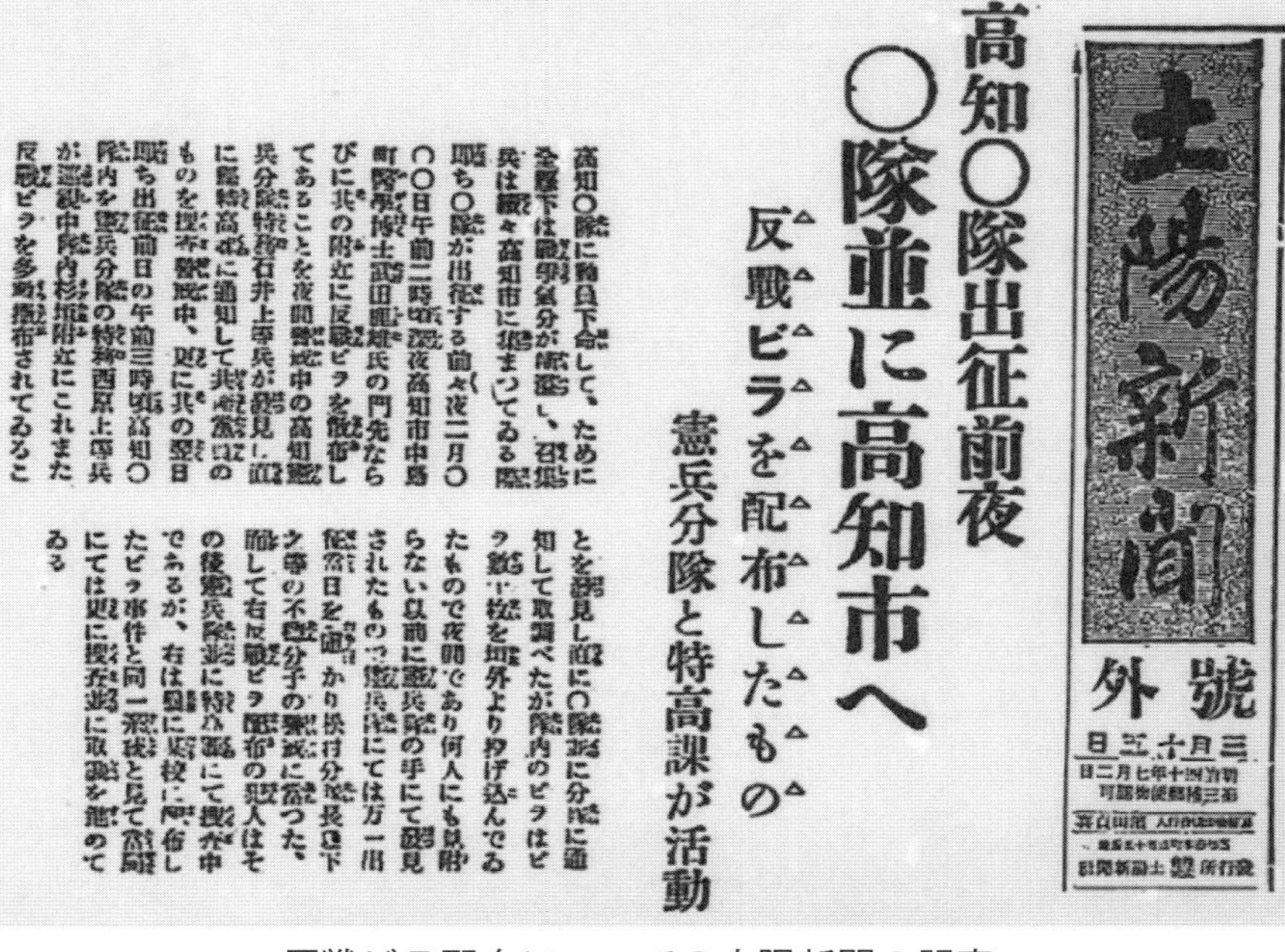

土陽新聞

號外

三月十三日

高知○隊出征前夜

○隊並に高知市へ

反戦ビラを配布したもの

憲兵分隊と特高課が活動

高知○隊に動員下命して、ために全隊下は戦争気分が[illegible]し、出征將兵は續々高知市に集まつてゐる際即ち○隊が出征する前々夜二月○○日午前二時頃深夜高知市中島町[illegible]武田[illegible]氏の門先ならびに其の附近に反戦ビラを撒布してあることを夜間警戒中の高知憲兵分隊特務石井上等兵が發見し直に臨時高等に通知して共産黨員のものを捜査警戒中、更に其の翌日即ち出征前日の午前三時頃高知○隊内を憲兵分隊の特務西原上等兵が巡視中隊内杉垣附近にこれまた反戦ビラを多數撒布されてゐることを發見し直に○隊當局に分隊に通知して取調べたが隊内のビラはビラ數十枚を塀外より投げ込んでゐたもので夜間であり何人にも見附らない以前に憲兵隊の手にて發見されたもので[illegible]にては万一出征[illegible]日を[illegible]かり[illegible]分隊長以下之等の不穩分子の警戒に當つた、尚して右反戦ビラ撒布の犯人はその後憲兵隊當局に[illegible]にて捜査中であるが、右は[illegible]に[illegible]校に撒布したビラ事件と同一系統と見て當局にては更に捜査當局に取調を進めてゐる

反戦ビラ配布についての土陽新聞の記事

1932年3月15日の土陽新聞の号外は、高知○隊出征前夜」に「○隊並［ならび］に高知市へ反戦ビラを配布したもの」があると報じました（高知市自由民権記念館蔵）。

高知○隊出征前夜　○隊並［ならび］に高知市へ　反戦ビラを配布したもの　憲兵分隊と特高課が活動

高知○隊に動員下命して、ために全縣下は戦争氣分が横溢し、召集兵は續々高知市に集まつてゐる際即ち○隊が出征する前々夜二月○○日午前二時頃　深夜高知市中島町醫學博士武田鹿雄氏の門先ならびに其の附近に反戰ビラを散布してあることを夜間警戒中の高知憲兵分隊特務石井上等兵が發見し直に縣特高課に通知して共産黨員のものを捜査警戒中、更に其の翌日即ち出征前日の午前三時頃高知○隊内を憲兵分隊の特務西原上等兵が巡視中隊内杉垣附近にこれまた反戰ビラを多數撒布されてゐることを発見し直に○隊並に分隊に通知して取調べたが隊内のビラはビラ數十枚を垣外より投げ込んでゐたもので夜間であり何人にも見附らない以前に憲兵隊の手にて發見されたもので憲兵隊にては万一出征當日を慮かり松村分隊長以下之等［これら］の不穏分子の警戒に當つた、而して右反戰ビラ配布の犯人はその後憲兵隊並に特高課にて捜査中であるが、右は先に某校に配布したビラ事件と同一系統と見て當局にては更に捜査並に取調を進めてゐる

「高知○隊」とは、陸軍歩兵第四十四連隊（高知県朝倉村。いまは高知市）のことです。

「先に某校に配布したビラ事件」とあるのは、どういうことか不明です。

反戦ビラ配布は『特高月報』にも載っています

反戦ビラ配布のことは、「極秘」と書かれた『特高月報』（内務省局保安課）にも出てきます。

『特高月報　昭和七年［一九三二年］二月分』（同年3月20日発行）。

［二月二十八日、日本共産青年］同盟高知地区名反戦ビラを歩兵第四四連隊附近に撒布す。

『特高月報　昭和七年四月分』（同年5月20日発行）。

［四月二日、日本共産青年］同盟高知地区委員会は、歩兵第四四連隊内に反戦の檄［げき］を撒布す。

司法省の『思想研究資料』にも……

1932年10月刊の司法省の秘密刊行物『思想研究資料』（入交好保さん著『高知県社会運動史』）には、次のような記述があります。

浜田［浜田勇さん。日本共産青年同盟高知地区委員長］、池本［池本良三郎さん。日本共産青年同盟高知地区委員長。化学細胞キャップ、化学石炭細胞キャップ］及［および］毛利［毛利孟夫さん。日本共産青年同盟高知地区委員長丸一細胞キャップ、コップフラクションキャップ］等ハ……朝倉歩兵第四十四連隊の上海出征に際シテハ反戦斗争ノビラヲ作成シテ兵営ニ投入シ更［さら］ニ引続数回ニ亘（わた）リ、反戦斗争ノビラヲ各所ニ撒布シテ一般大衆ニ宣伝扇動［せんどう］シ……

［日本反帝同盟］支部其［そ］ノ物ノ組織ハナキモ歩兵第四十四連隊ノ上海出征ニ当リ、昭和七年二月二十七日過般検挙セラレタル共青同盟高知地区委員会ノ影響下ニアル分子ガ日本反帝同盟高知支部署名ヲ以［もっ］テ反戦ビラヲ高知市内ニ撒布シタルコトアルノミ……

第11章　日本プロレタリア作家同盟高知支部の報告

日本プロレタリア作家同盟の第五回全国大会は、１９３２年5月11日から開催されました。

そのなかで日本プロレタリア作家同盟高知支部が活動報告をしています。

その内容が、１９３２年6月20日発行の日本プロレタリア作家同盟機関誌『プロレタリア文学』の「臨時増刊」（第五回全国大会議事録特輯(とくしゅう)）に載っています。

以下、長いですが引用させていただきます。

高知支部活動報告

高知縣に於［お］ける特殊狀勢と、それに對［たい］する支部當面［とうめん］の活動任務

高知縣は、山地多く交通不便であり、原料品に乏しいため、近代的大企業大工業が極［きわ］めて僅少［きんしょう］である。

只［ただ］、僅［わず］かに高知市及［およ］びその近傍に、土佐セメント（從業員二百）両海晒粉土佐工場（從業員百）稲生石灰工場（從業員三百）片倉製糸（從業員二百）製紙工場二三、と電氣鐵道及［およ］び國鐵［こくてつ］、縣下［けんか］各地に散在する四五の製紙、製糸會社等、全縣下［けんか］勞働者の數五萬二千［ごまんにせん］に過ぎず、農村に於［おい］ては、大地主は殆［ほと］んどなく、自作農が大半を占め、階級分化は極めて緩慢である。縣下［けんか］農民總數［そうすう］二十五萬人［にじゅうごまんにん］。また海岸至［いた］る處［ところ］に

生活する二萬五千［にまんごせん］の漁民、及［およ］び近代的文化と沒交渉［ぼつこうしょう］の山間に搾取されつゝある林業勞働者三萬［さんまん］。
而［しこう］して、現在、工場勞働者の間には、全協の組織が漸［ようや］く伸び始めつゝあり、農村に於［おい］ては全國會議派が高岡地方に僅少［きんしょう］の勢力を保持してゐるに過ぎず、漁業、林業勞働者に至［いた］つては全然左翼からは組織の手が伸びてゐない。

我が作家同盟［日本プロレタリア作家同盟］高知支部は、此［こ］の廣汎［こうはん］な未組織勞働者、農民大衆の間に精力的に文化運動の影響力を擴大［かくだい］しつゝある。

文學新聞の取次部數七百。プロレタリア文學四十。我が同盟に指導されるサークル數、十八。

そして、基本的諸組織の補助的組織としての活動をより効果的に果し文學活動をより活潑に押し進めるために文學新聞一千突破！機關誌プロレタリア文學百突破！サークル五十突破を執拗に戰ひ抜かうとしてゐる。

だが、現在の我々の活動の成果を振り顧る時、我々は、我々の影響力の大部分が重要目標たる工場に勞働者に確保されてゐずして、主として農民及［および］僅少［きんしょう］の農業漁業林業勞働者に押し進められて來たと云［い］ふ事である。是［これ］は、我々の組織活動が、文學的要求の比較的大であつた農村間に自然發生的に、大衆に牽［ひ］きずられて來た事、我々が計畫的［けいかくてき］、ねらひ打ち的に工場への食ひ込みをやつてゐなかつた事を意味するものである。

で、我々の當面する活動任務は

一、企業内への影響力の浸透、確保

二、農民文學委員會の組織

三、組織活動と創作活動の統一

四、新幹部の養成

而［しか］して、是［これ］らは何れも全縣下の勞働者農民漁民の心に一様に不滿を抱かせてゐる高知第四十四聯隊の上海出兵を中心に執拗な反戰鬪争を通じてのみ果敢に遂行されるものである事を確信する。

文學新聞報告

一、高知支部取扱部数　七百部

但［ただ］し、七、八、九號［ごう］は發行所の都合及［およ］び支部文新［文学新聞］部の財政的窮迫のため、取扱部数は約半減された。

二、紙代納入狀態　約三十％

是［これ］は、一九三一年十二月一日より三日にかけて持たれたプロ［プロレタリア］文學講演會の損失の埋め合はせに、紙代の一部を廻［ま］はした事、及［およ］び新聞の配布が極めて無統制になされ、紙代の回収が困難になつた事のためである。が現在は紙代納入の悪い所には、發送中止部數減忠告等により紙代納入狀態は百パーセントに近くなつた。そして是［これ］までの紙代の滞納分は紙代完納カムパを起し發行所への借金を支拂ふべく努力する。

三、文學新聞配布状態

農民	一八九	製紙	五
學生	六二	交通	一〇
製糸	五一	一般使用人	五
化學	五〇	書店	六二
漁民	三五	其他	二三一

四、文學新聞讀者階級別割合

勞働者　〇、二八

農民（漁民を含む）　〇、三一

學生小市民その他一般街頭分子　〇、四一

五、文學新聞通信員　一五名

同盟員增加状態

七月支部準備會設立以来（九月まで）
弘田競、佐野順一郎、織田一平
槇村浩、辻猪之吉、福重重滿、毛利孟夫、山村一夫、
十　月
　奴田原三郎、坂雄作
十一月
　川島　利勝
十二月
　石川秀、河野一
一　月
　木山　喬
二　月
　東條旨夫、上岡良一、邦見主殿、永田徹
　　　　　　　　　　以上、　十八名

教育部報告

1　研究會

a　作品研究會「プロ文學［プロレタリア文學］」「文新［文学新聞］」「大衆の友」「働く婦人」等の小説・詩、評論等に關する批判研究會を毎週一回持つてゐる。

b　政治經濟研究會　始め獨自［どくじ］に持つ豫定［よてい］であつたが、力關係を考慮し、科學者同盟高知支準［支部準備会か］の研究會に合流してゐる、毎週一回、主として當面の時事問題を直［ただ］ちに取り上げて分析批判してゐる。

2　同盟員、サークル員の文學的教育

期間を限り、課題を付し、作品を募り、その出来榮［できばえ］に應［おう］じ、批判を付し返却し、研究會に付し、或［あるい］は本部へ送附してゐる。

3 「基本的諸組織への「貯水地」の役割を果す點［てん］に就［つ］いて

共青・全協・全農全國會議の組織部と密接な連絡を保ち、サークル・メンバーの才能に應じて、基本的諸組織へ引き渡し、サークルと分會との關係は、工場の事情、各の會合の情態、ビラまきや流し込みの順序等を考慮して、最も効果的に、基本的諸組織への貯水地として役立ち得るやうに計畫［けいかく］した。

4 今後の見透し

農民文學研究會、詩研究會の確立、ニュースの發行、講習會の催し等々

作品活動報告

弘田競作

（小説）補充兵訓練　コップ高知地協刊行反戰パンフ「赤いラッパ」

（小説）東京と高知　コップ高知地協刊行選擧パンフレット

（シュプレヒコール）東北の兄弟を救へ　高知職場座上演臺本［だいほん］

佐野順一郎作

（小説）縊　死「赤いラッパ」

（戯曲）（小林多喜二作より脚色）壁にはられた寫眞　高知職場座上演臺本［だいほん］

辻猪之吉作

（小説）三太郎やあい「赤いラッパ」

毛利孟夫作

（詩）俺は古參の二等兵「赤いラッパ」

槇村　浩作

（詩）生ける銃架「大衆の友」創刊號［そうかんごう］

財　政　部　報　告

同盟員の支部に納入すべき責任額

本部費
支部費
事務所維持費
納入期日、毎月二十五日
然［しか］るに、同盟員十名の中、是［これ］が完全になされてゐるもの殆［ほと］んど半數に過ぎず然［しか］も、昨年十二月一日――三日に開催した、講演カムパの負債に現在も惱まされてゐる狀態である。
三月一日以降、全國大會に至［いた］る期間に、財政活動の整理統一をなす事が決議された。

企畫活動報告

一、藝術討論の夕
十一月七日ロシア革命紀念日午後六時

主　催　作同［日本プロレタリア作家同盟］を主體［しゅたい］としてプロキノ［日本プロレタリア映画同盟］、プロット、高知プロ美術研究會［高知プロレタリア美術研究会］

會　費　十錢

参加者　十五人。（小市民7勞働者8）

内　容　革命紀念日及［およ］び文化聯盟の話　佐野順一郎

プロレタリア藝術［げいじゅつ］について　弘田　競

藝術［げいじゅつ］方法に於［お］ける唯物辯證法［ゆいぶつべんしょうほう］の問題　織田　一平

藝術［げいじゅつ］運動に於［お］ける組織問題　槇　村　浩

プロ美術について

里須　條二

それ〴〵分擔［ぶんたん］説明し、藝術方法［げいじゅつほうほう］に於［お］ける辯證法［べんしょうほう］の問題が盛［さかん］に論じられた。

二、プロレタリア文學と映畫の夕

十二月一日——三日

講　師　江口　渙、貴司山治、池田壽夫

一　日　高知（高知座）聽衆［ちょうしゅう］五百。勞働者農民五割

二　日　高岡町、聽衆［ちょうしゅう］二百。九割まで農民

三　日　山田町、聽衆［ちょうしゅう］二百。八割まで農民

總計約一千名の聽衆［ちょうしゅう］に、プロレタリア文學の意義任務、等を充分に浸透さす事が出來、以後支部活動に大いに役立つたのであるが、一方、此［こ］のカムパの財政的損失は現在まで支部の財政的基礎をおびやかしてゐる。未だ負債も全部支拂［しはら］つてゐない。

三、プロレタリア文學座談會

十二月一日、高知座に於［おい］て講演會終了後直［ただ］ちにカフエーブラジルに於［おい］て座談會開催

參會者　八十名

文學新聞、農民文學、大衆化の問題等が活潑に論じられた。

四、第二回藝術［げいじゅつ］討論會

主催はコップ［日本プロレタリア文化連盟］高知地協であつたが實質的には作家同盟［日本プロレタリア作家同盟］の主催となつた。

一月二十日三Lデーの夜六時半

カフエーブラジルにて

會　費　十セン

參會者　十名、勞働者

參會者の少い事は我々の組織的影響が高知市及［および］高知市附近一帯の勞働者農民の間に行き渡つてゐない證據［しょうこ］である。

内　容

三Lデーの説明　　　　　　　弘田　競

詩朗讀（森山啓、レーニンの鐘）　　毛利　孟夫

三Lデーの意義、詩の朗讀にアヂられた聽衆［ちょうしゅう］から、黨［とう］、及［およ］び黨の鬪爭方針に對［たい］する意見（大衆黨員から）客觀的政治的狀勢、等の物凄［ものすご］い話が盛［さかん］に論じられた。

五、反戰パンフレット刊行

是［これ］もコップでやつたが作家同盟［日本プロレタリア作家同盟］がイニシアチーブを取つて發行。

三Lデーの鬪爭期間に出すべき處［ところ］、一月末に種々の事情で伸びた。

四六版、謄寫刷［とうしゃずり］、七十四頁

内　容

一、論文、三Lデーの話、戰爭とはやり歌、ブル映畫［ブルジョア映畫］を蹴飛ばせ

二、詩、俺は古參二等兵、勲章（宮木喜久雄作戰旗より轉載）
三、カール・ローザ［1886年3月22日～1889年4月30日。オペラ興行主］の略歴
四、漫畫［まんが］二題
五、世界現狀地圖［ちず］
六、我等の旗日
七、小説補充兵訓練。三太郎やあい。縊死［いし］。
尚［なお］扉に適當［てきとう］な歌がなかつたため「インタナショナル」を掲載

即日、發禁、

是［それ］に對する勞働者からの批判。

根本的なものとして滿州問題が附隨的［ふずいてき］に敢扱はれ、全體［ぜんたい］として、戰爭の本質がバクロされてゐない事から、勞働者農民を如何［いかに］に支配階級が戰爭に動員するかゞ鮮明でない。

パンフには、やさしい滿州問題の解說が當然［とうぜん］のるべきであつた。（此［こ］のパンフには、滿州問題の話が載る筈［はず］であつたが、あまり頁數が多くなるので滿州問題の話はプロ科學者同盟［プロレタリア科学者同盟］高知地方準備會から單行本として出版する事になつた。）

六、反戰スゴ六、ストライキ詩集中止の件

反戰スゴ六は、實質的［じっしつてき］にはＰＰ支準でやるべき處［ところ］ＰＰ支準構成員の意識の低いのを指導しつゝ、我が同盟が率先して是［これ］を提唱し、原文は全部我が同盟が作りＰＰ支準に提供したが、ＰＰ支準構成員の個人的都合により中止となる。ストライキ詩集は、是非必要であるが作同［日本プロレタリア作家同盟］高地［高知］支準に人手が足りないためと相當［そうとう］な時日が必要であるため一時中止する事にした。

七、選擧鬪爭パンフレットの刊行

選擧鬪爭パンフレットをコップから出す事になってゐたが大衆の友の選擧特輯號［せんきょとくしゅうごう］が出る事になつたので、それの附録として、高知の狀勢に應［おう］じたものを添附する事に變更、作家同盟［日本プロレタリア作家同盟］から弘田競作「東京と高知」小説提供

八、文學［ぶんがく］講習會の開催

三月十五日より四日間

高知市東片町南松淵事務所に於［おい］て

目的、プロレタリア文學［ぶんがく］運動の意義任務の普及及［およ］び我が同盟の新しき働き手の獲得

講義種目及び［および］分擔

高知社會藝術運動史　　木山　喬

プロレタリア文學總論［ぶんがくそうろん］　　弘田　競

社會民主々義及［およ］びブルジョア文學批判

（未　定）

ソヴエート文學紹介　毛利　孟夫

農民文學論　弘田　競

反戰文學論　槇村　浩

藝術［げいじゅつ］方法に於［お］ける唯物辯證法［ゆいぶつべんしょうほう］

織田　一平

組織問題　織田　一平

課外、小説の作り方、文學新聞の話

尚、此［こ］の講習會は第一期講習會であり、當面［とうめん］特に重大と思ふ課目のみを取りあげたのである。

また、サークルから必ず一人以上の出席者を送らす事になつてゐる。

機關誌配布狀態

取扱部數　四十部

讀者別、

一、工場勞働者　六名、

内　譯［うちわけ］　同　盟　員　一

文新［文学新聞］通信員　三

普通讀者　一

二、農　民　七名

内　譯［うちわけ］　同　盟　員　五

文新［文学新聞］通信員　二

三、一般使用人　十二名

同　盟　員　二名

普通讀者　十名

四、學生　八名

（全部高等學校學生同盟員三名）

五、同盟員　七名

誌代回收狀態

現生、發行所に約二十圓の滯納である

支部に人手が足りないためと、生活程度の低いためとで、一部分を除く外、

支拂［しはら］ひが極めて悪い。

四月の大會までには全額完納の計畫［けいかく］である。

この文書は、私にとって非常に興味深いものです。

同盟員の数は「七月支部準備會設立以来（九月まで）」。八人。それから、十月に二人、十一月に一人、十二月に二人、一月に一人、二月に四人増えています。計十八人の集団です。

「文學新聞の取次部數七百。プロレタリア文學四十。我が同盟に指導されるサークル數、十八。」。すごい数です。

「而［しか］して、是らは何れも全縣下の勞働者農民漁民の心に一様に不滿を抱

かせてゐる高知第四十四聯隊［れんたい］の上海出兵を中心に執拗な反戦闘争を通じてのみ果敢に遂行されるものである事を確信する。」とあります。

しかし、これは、まずかった。「われわれも、この反戦闘争の実行者だ」といっているようなものです。

警察、特別高等警察は、これを読んで、どう動いたのでしょうか。

第12章　詩「間島パルチザンの歌」

槇村浩さんは、この反戦ビラ配布の以前から次の詩の構想をねっていました。

「間島っちうのは、どこの島ぞな」

槇村浩さんと、高知県の日本労働組合全国全国協議会と日本共産青年同盟のリーダーだった浜田勉さんの間で、次のようなやりとりがあったと言います（貴司山治さんの「『間島パルチザンの歌』への文学的評価を改めて提案する」）＝雑誌『日中』。1978年11月号。1978年10月30日。日中書林）。

槇村浩さんは、浜田勉さんたちとの会議の途中でも時々座を外して壁に向かい、粗末なノートを広げて短い鉛筆で何やら書き込んでいました。

それをあやしんだ浜田勉さんが、槇村浩さんのノートを取りあげて見ると最初のページに「間島［かんとう］パルチザンの歌」とありました。

「間島っちうのは、どこの島ぞな」

「朝鮮です」

「済州島とか対馬とかは知っているが、間島もそのへんにある島か」

槇村浩さんは、赤い顔をして「いいです、いいです」と、浜田勉さんから自分のノートを取り戻しました。

間島は、豆満江以北の満州にある朝鮮民族の居住地を指します（いまは中国吉林省延辺（えんぺん）朝鮮族自治州になっています）。

北朝鮮北部と隣接した中国側の所です。

中心都市は延吉。

この中国と北朝鮮の国境地帯に白頭山（はくとうさん）（標高２７４４メートル）がそびえています。

槇村浩さんは、この詩を１９３１年３月13日に書き終えます。

この詩は、翌4月の『プロレタリア文学』臨時増刊（四・一六、第五回大会祈念号）に掲載されました。

間島パルチザンの歌

槙村浩

思ひ出はおれを故郷へ運ぶ
白頭［はくとう］の嶺［みね］を越え、落葉松（から）の林を越え
蘆［あし］の根の黒く凍［こお］る沼のかなた
赭［あか］ちやけた地肌［じはだ］に黝［くろ］ずんだ小舎［しょうしゃ］の續くところ

高麗雉子［こうらいきじ］が谷に啼［な］く咸鏡［かんきょう］の村よ
雪溶けの小徑［こみち］を踏んで
チゲを負ひ、枯葉を集めに
姉と登つた裏山の楢林［ならばやし］よ
山番に追はれて石ころ道を驅け下りるふたりの肩に
背負（しよひ）繩はいかにきびしく食ひ入つたか
ひゞわれたふたりの足に
吹く風はいかに血ごりを凍［こお］らせたか

雲は南にちぎれ
熱風は田のくろに流れる
山から山に雨乞［あまご］ひに行く村びとの中に
父のかついだ鍬先［くわさき］を凝視（みつ）めながら

眼暈［めま］ひのする空き腹をこらへて
姉と手をつないで越えて行つた
あの長い坂路よ

えぞ柳の煙［けむ］る書堂［しょどう］の蔭［かげ］に
胸を病み、都から歸つて來たわかもの、話は
少年のおれたちにどんなに樂しかつたか
わかものは熱するとすぐ咳［せき］をした
はげしく咳［せ］き入りながら
彼はツアールの暗いロシアを語つた
クレムリンに燻［くす］ぶつた爆弾と
ネヴア河の霧に流れた血のしぶきと
雪を踏んでシベリヤに行く囚人の群と
そして十月の朝早く

津波のやうに街に雪崩れた民衆のどよめきを
ツアールの黒鷲［くろわし］が引き裂かれ
モスコーの空高く鎌と槌(ハンマー)の赤旗が飜［ひるが］つたその日のことを
話し止んで口笛を吹く彼の横顔には痛々しい紅潮［こうちょう］が流れ
血が襦衣(チヨゴリ)の袖を眞赤に染めた
崔［さい］先生と呼ばれたそのわかものは
あのすざましいどよめきが朝鮮を搖るがした春も見ずに
灰色の雪空に希望を投げて故郷の書堂［しょどう］に逝［い］つた
だが、自由の國ロシアの話は
いかに深いあこがれと共に、おれの胸に沁［し］み入つたか
おれは北の空に響く素晴らしい建設の轍［わだち］の音を聞き
故國を持たぬおれたちの暗い殖民地の生活を思つた

お丶

蔑［さげ］すまれ、不具［かたわ］にまで傷づけられた民族の誇りと
聲［こえ］なき無數の苦惱を載［の］せる故國の土地！
そのお前の土を
飢えたお前の子らが
苦い屈辱［くつじょく］と忿懣［ふんまん］をこめて噍［の］み下［くだ］すとき——
お前の暖い胸から無理强ひにもぎ取られたお前の子らが
うなだれ、押し默つて國境を越えて行くとき——
お前の土のどん底から
二千萬［にせんまん］の民衆を搖り動かす激憤［げきふん］の熔岩［ようがん］
を思へ！

お丶三月一日！
民族の血潮［ちしお］が胸を搏［う］つおれたちのどのひとりが
無限の憎惡［ぞうお］を一瞬にたゝきつけたおれたちのどのひとりが

一九一九年三月一日を忘れようぞ！
その日
「大韓獨立萬歳［たいかんどくりつばんざい］！」の聲［こえ］は全土をゆるがし
踏み躙［にじ］られた××旗に代へて
母國の旗は家々の戸ごとに飜［ひるがえ］つた

胸に迫る熱い涙をもつておれはその日を思ひ出す！
反抗のどよめきは故郷の村にまで傳［つた］はり
自由の歌は咸鏡［かんきょう］の嶺々［みねみね］に谺［こだま］した
お丶、山から山、谷から谷に溢［あふ］れ出た虐［しいた］げられたものらの無數の列よ！
先頭に旗をかざして進む若者と
胸一ぱいに萬歳［ばんざい］をはるかの屋根に呼び交［か］はす老人と
眼に涙を浮べて古い民衆の謠（うた）をうたふ女らと

草の根を噛［かじ］りながら、腹の底からの嬉しさに歓呼［かんこ］の聲［こえ］
を振りしぼる少年たち！
赭土［あかつち］の崩［くず］れる峠［とうげ］の上で
聲［こえ］を涸［か］らして父母と姉弟が叫［さけ］びながら、こみ上げてくる
熱いものに我知らず流した涙を
おれは決して忘れない！

お丶、
おれたちの自由の歓［よろこ］びはあまりにも短か丶つた！
夕暮おれは地平の涯［はて］に
煙を揚［あ］げて突き進んでくる黒い塊［かたまり］を見た
悪魔のやうに炬火［きょか］を投げ、村々を焰［ほのお］の×に浸［ひた］しな
がら、喊聲［かんせい］をあげて突貫［とっかん］する日本騎馬隊を！
だが×け×れる部落の家々も

丘から丘に搾裂［さくれつ］する銃彈の音も、おれたちにとつて何であらう
おれたちは咸鏡［かんきょう］の男と女
搾取者への反抗に歴史を×つたこの故郷の名にかけて
全韓に狼煙［のろし］を揚［あ］げたいくたびかの蜂起［ほうき］に×を滴［し
たた］らせたこの故郷の土にかけて
首うなだれ、おめ〳〵と陣地を敵に渡せようか

旗を捲［ま］き、地に伏［ふ］す者は誰だ？
部署を捨［す］て、敵の鐵蹄［てっつい］に故郷を委［まか］せようとするのは
どいつだ？

よし、焔［ほのお］がおれたちを包［つつ］まうと
よし、銃劍を構へた騎馬隊が野獣のやうにおれたちに襲ひ掛［か］からうと
おれたちは高く頭（かしら）を挙［あ］げ
昂然［こうぜん］と胸を張つて

怒濤［どとう］のやうに嶺［みね］をゆるがす萬歳［ばんざい］を叫ばう！
おれたちが陣地を棄［す］てず、おれたちの歡聲［かんせい］が響くところ
「暴壓［ぼうあつ］の雲［くも］光［ひかり］を覆［おお］ふ」朝鮮の片隅［かたすみ］
に

おれたちの故國は生き
おれたちの民族の血は脈々と搏（う）つ！
おれたちは咸鏡［かんきょう］の男と女！

おう血の三月！――その日を限りとして
父母と姉におれは永久に訣［わか］れた
砲彈に崩［くず］れた砂の中に見失つた三人の姿を
白衣を血に染［そ］めて野に倒れた村びとの間に
紅松へ逆［さか］さに掛［かか］つた屍［しかばね］の間に
銃劍と騎馬隊に隠れながら

夜も晝［ひる］もおれは探し歩いた
あはれな故國よ！
お前の上に立ちさまよふ屍臭［ししゅう］はあまりにも傷々［いたいた］しい
銃劍に蜂［はち］の巣のやうに×き×され、生きながら火中に投げ込まれた男たち！
强×され、×を剔［えぐ］られ、臟腑［ぞうふ］まで引きずり出された女たち！
石ころを手にしたまゝ絞［し］め××れた老人ら！
小さい手に母國の旗を握りしめて俯伏［つっぷ］した子供たち！
おゝ君ら、先がけて解放の戰さに斃［たお］れた一萬五千［いちまんごせん］の
同志らの
棺（ひつぎ）にも藏められず、腐屍（ふし）を兀鷲［ハゲワシ］の餌食［えじき］に曝［さら］す軀（むくろ）
の上を
荒れすさんだ村々の上を

茫々［ぼうぼう］たる杉松の密林に身を潜［ひそ］める火田民（かでんみん）の上を
北鮮の曠野［こうや］に萠［も］える野の草の薫［かお］りを籠［こ］めて
吹け！　春風よ！

夜中（よぢう）、山はぼう〳〵と燃え
火田を圍［かこ］む群落（むら）の上を、鳥は群れを亂して散［ち］った

朝
おれは夜明けの空に
渦を描いて北に飛ぶ鶴［つる］を見た
ツルチユクの林を分け
欝蒼［うっそう］たる樹海を越えて
國境へ――
火のやうに紅い雲の波を貫いて、眞直ぐに飛んで行くもの！
その故國に歸る白い列に
おれ、十二の少年の胸は躍［おど］った

熱し、咳き込みながら崔先生の語つた自由の國へ
春風に翼(はね)を搏(う)たせ
歡［よろこび］びの聲［こえ］をはるかに揚［あ］げて
いま樂しい旅をゆくもの！
おれは頬［ほお］を火照［ほて］らし
手をあげて鶴［つる］に應(こた)へた
その十三年前の感激をおれは今なま〱しく想ひ出す

氷塊［ひょうかい］が河床に砕ける早春の豆満江［とまんこう］を渡り
國境を越えてはや十三年
苦い闘争と試練の時期を
おれは長白［ひゃくはく］の平野で過ごした
氣まぐれな「時」はおれをロシアから隔［へだ］て
嚴［きび］しい生活の鎖［くさり］は間島［かんとう］におれを繋いだ

だが　かつてロシアを見ず
生れてロシアの土を踏［ふ］まなかつたことを、おれは決して悔［く］いない
いまおれの棲［す］むは第二のロシア
民族の墻（かき）を撤［てっ］したソヴエート！
聞け！　銃を手に
深夜結氷［けっぴょう］を越えた海蘭［ハイラン］の河瀬の音に
密林に夜襲の聲［こえ］を谺［こだま］した汪清（ワンシン）の樹々のひとつひとつに
×ぬられた苦難と建設の譚［たん］を！

風よ、憤懣［ふんまん］の響きを籠［こ］めて白頭［はくとう］から雪崩［なだ］れてこい！

濤［なみ］よ、激憤［げきふん］の沫［しぶ］きを揚［あ］げて豆満江［とまんこう］に迸［ほとばし］れ！

お丶、××旗を飜［ひるがえ］す強盗ども！

父母と姉と同志の血を地に灑［そそ］ぎ
故國からおれを追ひ
いま劍をかざして間島［かんとう］に迫る××の兵匪［へいひ］！
お、、お前らの前におれたちがまた屈從［くつじゅう］せねばならぬと言ふのか
太て〲しい强盜どもを待遇する途［みち］をおれたちが知らぬといふのか

春は音を立てゝ河瀨に流れ
風は木犀［モクレン］の香を傳［つた］へてくる
露［つゆ］を帶［お］びた芝草に車座になり
おれたちはいま送られた素晴らしいビラを讀［よ］み上げる
それは國境を越えて解放のために鬪ふ同志の聲［こえ］
擊鐵［げきてつ］を前に、悠然［ゆうぜん］と階級の赤旗を掲［かか］げるプロレタリアートの叫び
「在滿日本××兵士委員會」の檄［げき］！

ビラをポケットに
おれたちはまた銃を取つて忍んで行かう
雪溶［ゆきど］けのせゝらぎはおれたちの進軍を傳［つた］へ
見覺えのある合歡（ねむ）の林は喜んでおれたちを迎へるだらう
やつら！　蒼［あお］ざめた執政の蔭［かげ］に
購［あがな］はれた歡聲［かんせい］を舉［あ］げるなら舉［あ］げるがいゝ
疲れ切った號外賣［ごうがいう］りに
嘘［うそ］つぱちの勝利を告げるなら告げさせろ
おれたちは不死身だ！
おれたちはいくたびか敗けはした
銃劍と馬蹄［ばてい］はおれたちを蹴散［けち］らしもした
だが
密林に潜んだ十人は百人となって現はれなんだか！

十里退却したおれたちは、今度は二十里の前進をせなんだか！
「生くる日の限り解放のために身を献［ささ］げ
赤旗のもとに喜んで死なう！」
「東方××軍」の軍旗に唇［くちびる］を觸［ふ］れ、宣誓したあの言葉をおれが忘れようか
おれたちは間島［かんとう］のパルチザン。身をもつてソヴエートを護［まも］る鐵［てつ］の腕［かいな］。生死を赤旗と共にする決死隊
いま長白「ちょうはく」の嶺［みね］を越えて
革命の進軍歌を全世界に響［ひび］かせる
――海　隔［へだ］てつわれら腕結びゆく
――いざ戦はんいざ、奮［ふる］ひ立ていざ
――あゝインターナショナルわれらがもの……

――一九三二・三・一三――

この詩の用語を解説します。

パルチザン＝占領軍への抵抗運動や軍事活動を行う遊撃隊、その構成員。

落葉松（からまつ）＝マツ科の落葉高木。樹高20～40メートルになります。

白頭（はくとう）の嶺＝中国と北朝鮮の国境地帯にある標高２７４４メートルの火山。頂上にカルデラ湖があります。

小舎（しょうしゃ）＝小さな家、小屋。

咸鏡（かんきょう）の村＝咸鏡道の村のことか。現在の北朝鮮の咸鏡北道・咸鏡南道・両江道・羅先特別区に相当する地域です。

チゲ＝しょいこ。

田のくろ＝田と田の間の土の仕切り。あぜ。

書堂＝寺子屋。日本統治時代にも存続し、日本式の初等教育と対立しました。

ツアール＝ロシアの皇帝のこと。

クレムリン＝ロシアの首都、モスクワ市の中心を流れるモスクワ川沿いにあるロシア帝国の宮殿。

ネヴァ河＝ロシア北西部のネヴァ湖からカレリア地峡を経て、サンクトブルグ市内を流れ、フィンランド湾に注ぐ全長75キロメートルの川。

ツアールの黒鷲＝ロシア帝国の紋章のこと。

襦衣（チョゴリ）＝朝鮮の民族衣装で、男女ともに切る上着。

一九一九年三月一日＝１９１０年から日本の総督府より統治された朝鮮で１９１９年３月１日、朝鮮民族が日本の統治に反旗を掲げ、自主独立を求めた独立運動のことを指しています。

「暴壓「ぼうあつ」の雲「くも」光「ひかり」を覆「おお」ふ」＝「ワルシャワ労働歌」の歌詞。以下、鹿地亘さんの訳詞。

ワルシャワ労働歌

暴虐の雲　光をおおい
敵の嵐は　荒れくるう

ひるまず進め　我らがトモ
敵の鉄鎖をうち砕け

自由の火柱輝かしく
頭上高く燃え立ちぬ
今や最後の闘いに
勝利の旗はひらめかん
起て　はらからよ　ゆけ闘いに
聖なる血にまみれよ
砦の上に我らが世界
築き固めよ勇ましく

ツルチエク＝クロマメノキ。ツツジ科。山地の林の中に生息する樹木。

豆満江（とまんこう）＝中国国境の白頭山に源を発し、中国、朝鮮、ロシアの国境を東へ流れ日本海に注ぐ全長約500キロメートルの河川。

長白の平原＝中国東北地方の中心をなす平原。

海蘭（ハイラン）＝不明。

ソビエート＝ここでは間島の革命軍の根拠地のことか。

「海　隔てつわれら腕結びゆく……」＝「インタナショナル」の歌詞の一節です。

作詞者は、パリ・コンミューンの労働者詩人・ウェーヌ・ポティエさん（1819年～1887年）。

作曲は、木材労働者で作曲家だったピエール・ドジェテールさん（1848年～1932年）です。

以下の歌詞は、佐々木孝丸さんです。

インターナショナル

起て飢えたる者よ　今ぞ日は近し

醒［さ］めよ我が同胞（はらから）　暁（あかつき）は来ぬ
暴虐の断［た］つ日　旗は血に燃えて
海を隔てつ我等　腕（かいな）結びゆく
いざ闘わん　いざ　奮い立て　いざ
あぁ　イタナショナル　我等がもの
いざ闘わん　いざ　奮い立て　いざ
あぁ　インタナショナル　我等がもの

聞け我等が雄たけび　天地轟きて
屍（かばね）越ゆる我が旗　行く手を守る
圧制の壁破りて　固き我が腕（かいな）
今ぞ高く掲げん　我が勝利の旗
いざ闘わん　いざ　奮い立て　いざ
あぁ　インタナショナル　我等がもの
いざ闘わん　いざ　奮い立て　いざ

あぁ　インタナショナル　我らがもの

当時の間島の状況は……

「間島パルチザンの歌」の舞台になっている当時の間島の状況を確認しておきましょう。

以下は、2012年9月1日から7日まで、「槇村浩生誕百年『間島』を訪ねる旅」に参加して、間島（いまは中国延辺朝鮮族自治州）で確認してきたことです。

間島には実際に開放区が出来ていました。

この詩が発表される2年前の1930年5月27日、間島の薬水洞（ヤクスドン）上村の八間家の庭先で開かれた群衆集会で中春さんが「薬水洞ソビエト政府が樹立された！」と宣言しました。

同月30日、間島で抗日の「五・三〇暴動」が起こります。夜、民衆が龍井発電所を爆破し、東洋拓殖会社間島出張所を焼き打ちし、日本領事館を襲撃し、天圖鉄道の橋梁(きょうりょう)などを破壊し、多くの日本の警察官を殺しました。同時に、軍閥政府機関と地主の家を襲い、借用書を焼き、地主の糧食を没収し、日本帝国主義と軍閥の統治に打撃を与えました(延辺の龍井に「〝五卅暴動〟指揮部址」の石碑=龍井市人民政府建立。2010年5月30日=があります。五卅は、5月30日です)。

1932年3月1日、大日本帝国のカイライ国・満州国が成立すると、この地も同国の一部になりました。

「間島パルチザンの歌」は満洲国成立の直後に完成しました

「間島パルチザンの歌」は、満州国成立の直後の1932年3月13日に完成しました。

前作の「生ける銃架——満洲駐屯軍兵卒に——」では、中国に派兵された大日本帝国の兵隊の中から反戦兵士の集団が生まれることを期待していましたが、この作品では在満日本革命兵士委員会という反戦兵士の集団が登場します。

槇村浩さんは、「間島パルチザンの歌」を、中国国内の朝鮮人の多い地域・間島で天皇の昭和軍隊とたたかうパルチザンの一員・「おれ」が、「おれ」や「おれたち」のことを語る形で展開していきます。

槇村浩さん自身が、大日本帝国の侵略にさらされている住民の立場、このパルチザンに同化して日本軍とたたかっている、そんなイメージを受けます。

間島に生まれて、育ち、過酷な境遇のもとに生きてきた若者が、日本軍の蛮行によって家族、同胞の生命を奪われ、パルチザンとして成長していく心の軌跡が力強いリズムの中で描かれています。

「間島パルチザンの歌」を朝鮮人が書いた詩だと思った人々

中沢啓作さんが、「間島パルチザンの歌」を朝鮮人が書いたと思っていた人のことを書いています（中沢啓作さん「槇村　浩　没後40周年によせて――はしり書

き的覚書――（雑誌『日中　11月号』。1978年10月30日。日中書林）。

……「私が神戸に住んでいたときのことですが」尾崎清次氏という医師がおられたが、この人があるとき

「君たちの詩にもいいものがあるが、ぼくが一番すぐれているとおもっている作品がある、この人は朝鮮の詩人だろうけれども、そのレベルの高い格調はとてもそこらの日本の詩人の及ぶところではないよ」といいながら、ノートをしたとおもわれる小さい手帖を示した。その綺麗にペンでかかれた作品こそが、実にこの「間島パルチザンの歌」であった。

（中略）

この尾崎氏には一九三六年（昭和一一）年槇村浩を紹介することになるが、その折［おり］氏も、又［また］当時神戸で文化運動の中核の活動家であった豊橋の久永貫人（現在考古学者）たちも心から詩人槇村を歓待したものである。

槇村浩さんは、なぜ間島のことを知っていたのでしょうか

それにしても、それまで高知県と岡山県でしか暮らしたことのなかった槇村浩さんが、この間島の出来事について、なぜ、こんなにも詳しく知っていたのでしょうか。槇村浩さんの友人・毛利孟夫さんは、そのことについて以下のように語っています（『槇村浩の言葉　『不降身・不辱志』について＝槇村浩祭高知県実行委員会『ダッタン海峡　1号』。1963年7月）。

彼のところにプロレタリア科学がきていたので、私がそれを受取りによく訪ねていった昭和六年［一九三一年］の九月、十月の頃、彼はせっせと新聞の切りぬきをやっていた。北鮮、満洲のパルチザン活動についての彼の知識はそのほとんどが商業新聞で報じられる小さな記事の集積にもとずくものであった。問題は彼が反戦詩をつくろうと決心していたことで、それ故に彼の頭の中で新聞記事の一語一語が生

きた形象となって生長し、じょ事詩的精神に照らされて反戦の英雄的な戦士たちの群像を生み出したのである。

なお、『プロレタリア科学』は、プロレタリア科学研究所が１９２９年11月に創刊した雑誌です（１９３３年10年まで刊行）。

調べて見ると、間島の住民の大日本帝国の支配にたいする運動の様子は、当時の高知の新聞でも報道されていました。

例えば、１９３０年６月２日付の高知の土陽新聞には以下の見出しの記事が載りました。

「学校を焼き電線を切断　間島に不逞［ふてい］鮮人　爆弾を投じ各所に放火全焼土化計画暴露す」

「間島の焼討に　間島人心恟々［きょうきょう］　支那官憲と協力し　奥地深く追込む」

「鮮人暴徒の為［ため］　邦人警官負傷　午後六時何れかへ引上ぐ」

「間島パルチザンの歌」に先行する作品

「間島パルチザンの歌」について、プロレタリア文化運動に参加していた在日朝鮮人の詩人・金竜済さんの詩を参考にしているという指摘があります。

日本民主主義文学会会員の下田城玄さんの指摘です。

下田城玄さんは、金竜済さんの詩「愛する大陸よ」（『ナップ』１９３１年10月号）と「間島パルチザンの歌」は「互いに響きあうものが感じられないだろうか。槇村はこの詩から参考にするものもあったのではないだろうか。」と書いています（下田城玄さん「『間島パルチザンの歌』の生まれた背景」＝平和資料館・草の家『ダッタン海峡　第10号』。２０１４年11月11日）。

「愛する大陸よ」は、以下の詩です（大村益夫さん『愛する大陸よ――詩人金竜研究――』１９９２年3月1日。大和書房）。

愛する大陸よ

金竜済

飢えた平原
それがお前の腕のひろがりだ
赤くはげた山脈
それがお前のやせこけた背すじだ
母の懐――お前の子らの寝床は傷だらけ
……死×に充ち
鮮×を浴びて……
ああ　植民地地獄の野山には
一滴の水を汲む自由もなく
一束の芝を刈る木蔭もない

飢えたる平原にしがみついた――

藁葺［わらぶき］の屋根裏や暗い温突（オンドル）の底には

どんな生活（くらし）の呻［うめ］きが

どんな悲しい子守唄があるか

そして　そのルツボからわき上がる戦ひの歌に

――お前の守りに

どんなむごい×圧の×がにじむかを

母なるお前は知ってゐる

お前の憤激は大陸の山風！

嵐に燃えるボルシエヴイクの焔［ほのお］を

日本海の寒流めが消し得るか？

植民地プロレタリアの×送のなだれを

帝国主義の砲塁めが防ぎ得るか！
大陸の胴体をゆすぶる荒寥たる秋風が
立毛差押の稲穂に吹きすさぶぞ
この十月のいぶきに
牢獄の子らは
懐かしいお前の乳房の匂ひを胸一ぱいに吸ひ
虫ばんだ獄庭の紅葉に
赤い囚衣のいろをぢいつと見くらべるだろう
そして　秋空の彼方に
素晴らしく建設されるロシアを考へながら
十月××の血の物語を思ひ出すだろう

囚はれの戦士――牢獄の子らを
愛と平和に輝くソヴエート××の胸の中に

抱きしめるその日を心せよ！
おお　母なるお前
愛する大陸よ
お前の子らをはげまして
植民地プロレタリアの忍苦の歌を
国境のはるか彼方へ――
世界の心臓まで響かせろ！

槇村浩さんは、詩人・金竜済さんを評価していました。
彼の原稿「日本詩歌史」では、彼のことを以下のように述べています。

……金竜済は高麗［こうらい］出身者として、日本から中国にまたがった偉大な革命の息吹きを歌いぬいた。「万里の長城」「国境」その他は詩として世界的スケールを持つ。情熱と雄大において彼に比しうるのは、世界詩史上に跡を没する。

なお、長く原稿のまま眠っていた「日本詩歌史」は、戦後の１９９５年10月21日、高知市の平和資料館・草の家から出版されました。

日本軍の中に実際に反戦兵士がいました

槇村浩さんの「間島パルチザンの歌」についてよくいわれることは、ここに描かれている日本の反戦兵士というのは槇村浩さんの夢想ではないかということです。しかし、調べてみると、当時の大日本帝国の軍隊のなかに、そのような反戦兵士たちが、実際に国内にも海外にも存在していました。

以下、その事例をあげます。

○『特高月報　昭和七年四月分』から。

１９３１年３月15日、福島県会津若松の陸軍歩兵第二十連隊の便所内壁に「若松連隊内戦争反対同盟」の反戦、反軍の檄分を張ったものがいました。

憲兵隊が、３月22日に、その実行犯として同連隊第十中隊兵卒・金田信良さんを逮捕。逮捕のさい、金田信良さんは、３月23日配布用の「満洲ニ行クヲヤメロ」、「殺サレニ行クノダ」、「満州出兵反対」、「帝国主義戦争反対」のビラ50枚を持っていました。

同連隊は、同４月に満州・奉天に駐屯し、９日の満州事変に出動します。

○１９３２年３月22日号の日本共産党中央機関紙赤旗の「日本軍隊内の動揺」から。

〈パリ　二月十七日

『リユマニテ』の報導によれば、満洲の日本占領軍と上海に於［お］ける日本軍部隊との間には不満の深刻な動きが見られる。

同紙の報導によれば、二月八日多数の日本兵士は中国軍に対して進撃することを拒んだ。二百人以上の日本兵士は逮捕され、日本に送還された。

上海への援軍の出発に際し、兵士達は、戦地に送られることに対して公然たる不満を表明した。（プラウダ　二月十九日）

上海　二月二十一日

支那紙「ダウン・バオ」は、上海に到達せる日本兵士の間で中国軍との闘争のために最前線に出ることを拒んだという場合が屢々［しばしば］あつたと報じてゐる。

一月二十九日、二百人以上の兵士が命令に服従しなかった。彼らは武装解除され、日本に送還された。

二月十二日紅口（ホンキコー）地区に於［おい］て約二、三百人の兵士が集会を開こうと試みた。集会者の間には、中国兵士に対する戦争を拒絶せよ、中国侵略を妨害せよ、兵士大衆の間にこの扇動［せんどう］を行へと呼びかけた革命的兵士委員会の署名のある宣言が配布された。

同紙は尚［なお］その後更［さら］に六百人以上の日本兵士が再び命令を拒否したと報じてゐる。その中百人余りが銃殺に処［しょ］せられ、残余の者は内地に送還された。

上海　二月二十二日

上海日本紙「日々新聞」は、軍需品及［およ］び援兵を満載して到着した日本汽船「上海丸」は、『故郷忘れ難く、戦闘を欲しない』数十名の日本兵士を載せて日本に帰航する事となつたと報じてゐる。支那紙「イースタン・タイロス」は、最近到着した六百人の日本兵士が戦争を拒んだ事を報じてゐる。二月二十日植田司令官の命によりこれらの兵士は武装解除され巡洋艦に乗せられて日本に送還された。日本軍隊内には頻々［ひんぴん］として非戦伝単［反戦ビラ］が配布されている〉

○大阪朝日新聞、1932年4月14日付、「呉の赤い水兵公判」。

〈治安維持法違反による呉海軍赤化事件の公判は十七日午前八時五十分から裁判長太田大佐、裁判官鈴木法務官、検察官染川法務長係りで開延、被告五名に對し裁判長から身許調べがあつて審理にうつらんとするや検察官から事件の内容がら裁判長に傍聴禁止を求め、同十時五分裁判長は一般部外の傍聴を禁止し

て審理に入ったのち一旦［いったん］休憩、午後一時再開四時すぎ第一回公判を終わった。（呉）〉

○新聞「兵士の友」（日本共産党。1932年9月創刊）、1933年3月10日号の「北満姫路師団兵士反乱　二百名全部銃殺さる！」の記事。

満洲の姫路第十師団の中隊兵士たちが、除隊期日を過ぎても帰国できずにいることに反発し、即時帰国を要求、勝手に隊を解散し、単独帰国を始めました。師団司令部は、兵士らを包囲して捕えて銃殺しました。これらの兵士たちは、最後の一人になるまで抵抗をやめず、「帝国主義戦争反対」、「中国から兵をひきあげろ！」と叫びました。

槇村浩さんの一連の詩も、そのような反戦兵士の存在を背景に生まれたものでした。

槇村浩さんは間島の状況をどうして、こんなに手に取るように知っていたのでしょうか。

友人の毛利孟夫さんが、「詩を読んだ仲間としての槇村浩」（太平洋文学会『太平洋文学　52号』。１９８９年6月20日）で、こう書いています。

「槇村浩さんが、この詩の材料を得たのは「当時の『無産者新聞』からで」ということを『日本詩人全集』（１９６８年）に書いているが、これは事実とは言えない」当時の「無新」［無産者新聞］、第二無産者新聞は高知のわれわれは入手出来なかった。高知新聞の二面の下の方に一段扱いの記事で「満州国境地帯で不逞［ふてい］鮮人が蠢動［しゅんどう］」という記載が二年間に三回ぐらい出ていたと思う。槇村はその記事の内容についての調査のため、営林局員として北朝鮮で勤務したことのあるというひとのことを聞き、探していったことがあった。そして「パルチザンの根拠地は満州国内の間島地方ということだから、図書館へ行って地理を調べてくる」と県立図書館に出入りしていた。

私は、槇村の長年の朝鮮民族の独立闘争に寄せた関心と情報の集積とがわずかの新聞記事にヒントを得てあの長詩を生みだしたと思う。材料の断片と扱い方について、ぼくたちの意見を求めたこともある。

ところで、ここで一つ気になることがあります。この時期の槇村浩さんが、当時のソ連を国民の幸せを目指す国と捉えていたのではないかと言うことです。

ロシア革命が起きた20世紀初めの世界は「資本主義が世界を支配する唯一の体制とされた時代」（日本共産党綱領）でした。世界中の圧倒的地域を植民地として支配していたイギリス、フランス、ドイツ、ロシアなどの「列強」は、その再分割をめぐって、第1次世界大戦（1914年～1918年）を引き起こしました。

こうしたなか、皇帝による専制体制が敷かれていたロシアでは、「平和とパン」を求める国民の要求が高まり、1917年3月、首都ペトログラード（現サンクトペテルブルク）で労働者のストライキとデモンストレーションが起き、これをきっかけに帝政が崩壊、臨時政府が樹立されました。

しかし、臨時政府は戦争を継続したため、即時講和・食糧・土地を求める労働者・農民の運動の高まりの中で、レーニンさん（1870年～1924年）が率いるボリシェビキ（ロシア社会民主労働党内の革命派）の指導のもとで労働者・兵士らが11月7日、武装蜂起して臨時政府を打倒。労働者・兵士・農民ソビエトが権力を握りました。

この革命によって、人類の歴史ではじめて資本主義から離脱して社会主義への道に踏み出そうという試みが始まりました。

ロシア革命では、「レーニンが指導した最初の段階においては、おくれた社会経済状態からの出発という制約にもかかわらず、また、少なくない試行錯誤をともないながら、真剣に社会主義をめざす一連の積極的努力」（日本共産党綱領）が行われました。

１９２４年にレーニンさんが亡くなった後、ソ連の指導者となったスターリンさん（１８７８年〜１９５３年）とその後継者は、社会主義の原則を投げ捨て、「対外的には、他民族への侵略と抑圧という覇権主義の道、国内的には、国民から自由と民主主義を奪い、勤労人民を抑圧する官僚主義・専制主義の道」（日本共産党綱領）を進みました。

とくに、スターリンさんは1929年から1930年にかけて、穀物供出を強化するため農民に集団農場への加入を強制する農業「集団化」を強行。党や赤軍幹部、人民に対する大量弾圧（大テロル）を実行し、全面的な専制・独裁の体制を確立しました。さらに、ヒトラー・ドイツと独ソ不可侵条約と「秘密議定書」を締結し、ポーランドなどを分割しました。

槇村浩さんは、こうしたスターリンさんの時代についてのソ連についてについて情報が少なかったようです。

第13章　詩「一九三二・二・二六
――白テロに斃れた××聯隊の革命的兵士に――」

槇村浩さんは、引き続き、「一九三二・二・二六――白テロに斃［たお］れた××［四四］聯隊の革命的兵士に――」を書きます。

日本プロレタリア文化連盟出版所『大衆の友』１９３２年4月号に掲載されました。

これは、高知の青年たちの陸軍歩兵第四十四連隊への反戦ビラ配布の様子をうたった作品です。

陸軍歩兵第四十四連隊は、高知県土佐郡朝倉村にありました（今は高知市）。

今も、少し、高知大学と、その周辺に、この連隊のものが残っています（場所が移動しているものもありますが）。

築山にあった「陸海軍軍人に賜［たまわ］りたる勅諭［ちょくゆ］」の石碑。

将校集会所前の池。

上海事変に動員された軍馬・鳳龍の墓（1933年8月建立）。

陸軍用地であることを示す標識。

演習場のまわりの水路。

高知大学総合情報センター（図書館）には、同連隊や高知連隊区司令部の図面が残されています。

一九三二・二・二六

――白テロに斃［たお］れた××［四四］聯隊の革命的兵士に――

槇村浩

營舍の高窓ががたくと搖れる
ばつたのやうに塀の下にくつゝいてゐる俺達の上を
風は横なぐりに吹き、
芝草は頬を、背筋を、針のやうに刺す

兵營の窓に往き來する黑い影と
時どき營庭の燈に反射する銃劍を見詰めながら
おれは思ふ、斃されたふたりの同志を

同志よ
おれは君を知らない
君の經歷も、兵營へもぐり込んで君が何をしたかも
兵營の高塀と歩哨の銃劔とはお互の連絡を斷つてしまつた
おれは君たちが
おれが君たちを探したやうに、あせりあせり熱心に俺達に手を差し出したのを知つてゐる
おれと君とは塀を隔てゝめくら探しにお互ひを求め合ひ
おれの手と君の手は
すれ〳〵になつたまゝ塀の間で行き違つたのだ

おれは想像する
破れたストーヴについて、不自由な外出について、封を切られた手紙について、

不親切な軍醫について、横つ面へ竹刀を飛とばす班長について、夜中にみんな叩き起す警報について、無意味な教練のやり直しについて
君らがいかに行動を以て同じ兵卒をアジつたかを
そして
誰が戰爭で儲け、誰が何の恨みもない俺達に殺し合ひをさせるか、誰が死を賭して俺達のために闘ひ、何が 俺達を解放するかを
くたくたに疲れた演習の歸りに
半煮えの飯をかきこむ食事の合ひ間に
みなが不平をぶちまけ合ふ寢臺の上で
いかに君らが全兵卒の胸の奥に沁み込ませたかを

その日
(忘れるな、二月二十六日!)
君たちは順々に呼び出され

後から欺し討ちに×り倒された
君たちの血はべつとりと廊下を染め
君たちの唇は最後まで反戦を叫び續けた

よし
たけり立つて兵士らを宥めかねてやつらのひとりが自殺せうと、よし
泥のやうに醉つ拂はせた兵士らを御用船へ積み込んで送り出さうと
廊下に沁み込んだ君たちの血は
それで拭はれたか
溢れ出る血どろと共に口を衝いて迸しつた君たちの叫びは
それで消されたか

お丶今
消燈喇叭は夜風を衝いて響き渡り

窓はひとつひとつ闇に溶けて行く
おれは伸び上り
かじかんだ手を擧げて仲間に合圖をする
そして
俺達たちは立上りマントを捨て
すばやく塀を乗り越えて突進する

俺達の手にはビラがあり
俺達のポケットにはドスがある
ビラは眠つた營舍を搖り覺まし
ドスは倒された同志の血を洗ふだらう
風よ
兵營の隅々までこのビラを蒔き散らせ！
塀よ

「兵士委員會を作れ！」
の叫びを營庭一ぱいに跳ね返せ！

××聯隊は、高知の陸軍歩兵第四十四連隊のことです。

この詩は、1932年2月26日に「白テロ」に倒れた高知の大日本帝国陸軍歩兵第四十四連隊の「革命的兵士」に報いる行動を描いています。

白テロは、白色テロ。為政者や権力者によって政治的敵対勢力に対しておこなわれる暴力的な直接行動のことです。フランス語に由来し、白色テロルともいいます。

2月26日のあとに実際に行われた毛利孟夫さんらの陸軍歩兵第四十四連隊への反戦ビラ配布をテーマにした作品だと思います。

この行動については、槇村浩さんは指揮者で、この反戦ビラのガリ切りをしていますが、現場には行っていません。

後に、毛利孟夫さんらに、この行動の報告を聞いて詩のイメージをふくらませたのではないでしょうか。

この作品も、映像性に富んだ詩です。

真夜中の同連隊の塀、その内部を舞台にし、反戦兵士が殺された回想のシーンもはさみながら、短編映画が作れそうです。

ところで、ずっとひっかかっていることがあります。

この行動にドスを持っていくだろうかということです。

ドスを持っているとビラ配りの最中に兵士につかまったとき、よりきつい対応をうけます。

同連隊に入隊したこともある毛利孟夫さんが、そんなことをするでしょうか。

ここは、槇村浩さんの跳ね上がった「創作」ではないでしょうか。

この詩に、2月26日に「君たちは順々に呼び出され／後から欺し討ちに×り倒された／君たちの血はべつとりと廊下を染め／君たちの唇は最後まで反戦を叫び續けた」という所がありますが、本当に、こんな事実があったのかということです。

これについて井上清さんは、『井上清史論集　三　日本の軍国主義』（２００４年。岩波書店）で次のように書いています。

出征を前にしたこの日、高知連隊の一将校が自殺するという事件があり、それに関連して、県民の間にいろいろのうわさが流れた。(中略)(高知連隊で反戦兵士が殺されたという事実はない。それは槇村の創作である)。

中沢啓作さんは、兵士が殺された事件はあったという見方です。

その兵士は、中沢啓作さんの出身中学の高知県立城北中学校(今の高知県立高知小津高等学校)の軍事教練の教官をつとめたことのある陸軍歩兵第四十四連隊の中隊長の日野中尉(陸軍士官学校卒業)だといいます。

中沢啓作さんは、この詩の兵士の「自殺」の所を引用したうえで、次のように書いています(中沢啓作さん著「槇村　浩　没後40周年によせて――はしり書き的覚書――(雑誌『日中　11月号』。1978年10月30日。日中書林)。

この詩はおそろしくリアルで、その実態をつたえている。フィクションではない。

（中略）槇村のこの詩は真実この年上海事変を前にした兵士たちの心の中の動揺をよくつかまえている点ですぐれたものといい得よう。なお日野中尉は拳銃自殺である。当時の高知新聞の記事には出兵と陸大［陸軍大学］入試を前にしたあせりで、ノイローゼとなり自殺したとこの中隊長の死を報じている。

この詩について森山敬さんは、前出の1932年6月出版の中野重治さん編輯（へんしゅう）の『プロレタリア詩の諸問題』で、次のように指摘しています。

……槇村浩の『一九三二・二・二六』と言ふ詩（『大衆の友』四月号）を読んだ。作者はこの作品において一層前進している。そして題材に於［お］いてもその扱ひ方においてもこのような作品は今日の詩の領域で最も重要な位置を占めるものだ。

この詩は、槇村浩さんの新しい挑戦で、詩という形でのルポルタージュだと思います。

第14章　詩「出征」

槙村浩さんは、次の反戦詩を生みだそうとしていました。

「出征」です。

１９３２年4月20日の『詩・パンフレット第一輯　赤い銃火』に掲載されました。

この詩集の「序」は同年3月付です。

この詩は、高知の陸軍歩兵第四十四連隊のことを描いています。

同連隊は、青年たちが反戦ビラを配布するなかで１９３２年2月28日、高知県を出発しています。

高知駅前で出陣の列車を待つ兵士たち。

家族や友人、戦友たちと別れての出陣です。
これから戦場に送りこまれます。
行った先で中国の人々を殺さなければならない。
いや、自分のほうがころされるかもしれない。
心の中に、不安でいっぱい、おびえていたと思います。
その兵士の中に、反戦の思いを秘めた人がいたのです。
その男性を主人公に「出征」は展開されていきます。

出征

槇村浩

今宵電車は進行を止め、バスは傾いたまゝ動かうともせぬ
沿道の両側［りょうがわ］は雪崩［なだ］れうつ群衆、提灯［ちょうちん］と小

旗は濤［なみ］のように蜒［うね］り
歡呼の聲［こえ］が怒涛［どとう］のやうに跳［は］ね返るなかをおれたちは次々
にアーチを潜［くぐ］り、舗道［ほどう］を踏［ふ］んで
いま驛前［えきまえ］の廣場［ひろば］に急ぐ

おゝ、不思議ではないか
かくも萬歳［ばんざい］の聲［こえ］がおれたちを包み
おれたちの旅が、
かくも民衆の怒雷［どらい］の歡呼に送られるとは！

春の街は人いきれにむれ返り
銃を持つ手に熱氣さへ傳［つた］はる
火の海のやうな市街を見詰めながら、おれはふと思ふ
おれたちこそ

苦闘する中國の兄弟に送られた××の×軍
國境を越えて共に暴壓［ぼうあつ］の鎖を斷切る自由の戰士！
いま丘を越え
海を越えて
武器を携へ急×に赴（おもむ）くおれたちではないかと

けたゝましく響く喇叭［ラッパ］の音におれはふと我に返る
（……蔣介石［しょうかいせき］ごときは問題ではない
（わが敵はただ第十九路軍……
砂風の吹き荒れる營庭で、拳［こぶし］を固めて怒鳴つた肥つちよの聯隊長［れんたいちょう］の姿が、
烈しい憎悪と共にまざまざと目に浮ぶ
お、、第十九路軍
屈辱と飢餓［きが］の南京政府を蹴飛［けと］ばして

下からの兵士の力で作り上げた×衞軍
狼狽［ろうばい］する蒋介石［しょうかいせき］を尻目［しりめ］にかけ、敢然
［かんぜん］と××政府に戰ひを宣した
英雄的な中國のプロレタリアートと貧農の決死隊
きみらの隊列の進むところ
×××の××は惨敗し
土豪［どごう］・劣神［れっしん］・買辦［ばいべん］が影を潜めた
よし！
×佛英米の强盗どもが、君たちに陣地を棄てよとジュネーヴから命じようと
よし！
妥協した帝國主義者共の大軍が君たちに襲ひ掛からうと
君たち第十九路軍の背後には中國ソヴエート政府が儼存［げんそん］し
君たちの前には
全世界の同志の差し出す無數の腕がある

歩廊［ほろう］に整列し
ステップを踏んでおれたちは乗車する
おれの頭を掠［かす］めるは残された同志
あの路次［ろじ］の屋根裏で
Kは今夜もガリ版を切り
Dは圓［まる］い眼鏡の奥から、人なつこい笑ひを覗［のぞ］かせながらビラを刷り
Tは膝の上に「無新［無産者新聞］」を載せ、黙りこくつて糊［のり］を煮てゐるだらう
お丶——それとも
きみらは今宵［こよい］群集の中に潜［もぐ］り込み
栗鼠［りす］のやうにすばしこく、人々の手から手へ反×のビラを渡してゐるのか

欺［あざむ］かれた民衆よ
粧［よそ］はれた感激よ
祝福された兵士たちの何と顔色の蒼［あお］いことか
萬歳［ばんざい］の聲に顔をそむけて眼鏡を曇らすおまへ
白布にくるんだ銃を杖［つえ］に突いてぢつと考へ込むおまへ
とつてつけたやうな哄笑［こうしょう］で話題を女の話に外らせようとするおまへ
そして恐らくは彼方の車の中で、ごつた返す荷物に腰を下ろし馬の首を抱いて泣き濡［ぬ］れてゐるであらうおまへ
枯れた田地と
失業に脅える工場を後に殘して
一枚の召集狀でむりやりに×××行かれるおまへらにとつて、顔色の蒼［あお］いのは無理ではない

――だが
今宵おれの胸は嬉しさに膨［ふく］らみ
心臓は喜びにどきんどきんと鼓動をうつ
俺の喜びは、生れて始めてすばらしい武器を手にしたプロレタリアートの喜びだ！
おれの嬉しさは
戰場といふ大仕掛けの職場の中で兵士の不平を××させる導火線、
軍隊×××となつた嬉しさだ！

鎖［くさり］が鳴り
汽笛の音が早春の夜空に消える
風は驛頭の歌聲を消して行き
街の灯は次第にかすかになる
ゆくてに明滅［めいめつ］する赤いシグナルを見詰［みつ］めながら

おれは心に誓ふ！

けふ
たつた今からさりげない調子で兵卒のひとりひとりに話し掛け
××を覆［おお］ふ神聖なヴエールを引つぺがし中國ソヴエート建設の×のものがたりをきみらの胸に沁［し］み込ませ

やがて
怒濤［どとう］を蹴［け］つて港を離れる船の中で
きみらの不平の先頭に立ち

明日
上海の塹壕［ざんごう］で
××委員會の旗幟［きし］をたかく掲げ

士官らを壁に×たせ
全東洋被壓迫［ひあっぱく］大衆の春の歌を高らかにうたふ、揚子江の河べりに
十九路軍の兵士と××××
……おゝ、おれは×衞軍の一兵卒！

明後日
幸におれが、
（よし、おれが××士官の銃先に斃［たお］れようとその時はおれの屍［しかばね］を踏み越えて
更［さら］にすぐれた、更に多くの同志たちが）
×旗を立て
大衆の心からの歡呼を浴びて
なつかしい故郷へ歸るとき
残された同志らよ

苦闘にやつれた君たちが×旗を振って萬歳［ばんざい］を唱へるとき
お丶　その時こそ
共に歌はうぞ
××××××××建設の歌を！

言葉の注釈をします。

蒋介石（しょうかいせき）さん＝国民革命軍・中華民国国軍の特級上将（大元帥に相当）。１９２８年から１９３１年まで国家主席。

第十九路軍＝国民党の蒋介石さんの命で將光鼐（しょうこうだい）さんと蔡廷鍇（さいていかい）さんが１９３０年８月に組織した国民革命軍第十九路軍のことです。１９３２年１月、日本軍が上海へ進軍してくると、国民党中央は同軍に撤退を勧めましたが同軍は防衛線を堅持し、日本軍を迎撃することを決断しました。１月28日、両軍の交戦が開始されました。以後、30日以上にわたり、懸命に交戦しましたが、最後は兵力・火力で勝る日本軍の前に撤退しました。しかし、このときのたたかいぶりは中国国内から賞賛を受けました。

ジュネーブ＝スイス西部、レマン湖の南西岸に位置する都市。ここでは、ここに置かれた国際連盟の本部をさすのでしょうか。

「無新」＝「無産者新聞」のこと。1925年9月26日から1929年8月まで発行された政治新聞。

「……中国ソヴエート建設の党のものがたりをきみらの胸に沁み込ませ」の党は、中国共産党でしょうか。

中国の戦場に送り出されようとしている陸軍歩兵第四十四連隊の兵隊たち。その連隊が市民の歓呼の声のなか高知駅の広場に向かっています。そのなかに反戦兵士である「おれ」がいて、上海に行ってからの反戦活動を思い描いています。

この詩は、反戦平和の動きで大日本帝国軍隊の侵略戦争を失敗させ、日本に新しい国・日本ソヴェート共和国を建設しようという壮大なテーマをうたっています。

ところで、この陸軍歩兵第四十四連隊については個人的な思いがあります。

のちに私の母となる山脇富士子の夫（高知市の旭尋常小学校で富士子と同学年。

大工）が、ここに召集され、銃剣術の訓練中の事故がもとで死亡しました。二人の息子・征男（１９４３年1月8日生まれ）は、１９４３年3月18日に病気で死亡しています。

第15章　詩「明日はメーデー」

槇村浩さんの詩「明日はメーデー」が生まれたのは１９３２年3月17日です。

高知市旭の片倉製糸の日本繊維組合片倉分会の女工たちを歌ったものでした。

槇村浩さんは、山﨑小糸さんとともに１９３２年初旬ころから片倉製糸の女工たちの運動を支援していました。

槇村浩さん、山﨑小糸さんは、夜中に、女工たちの手引きで片倉製糸工場の塀を乗り越えて忍びこみ、押し入れに隠れて研究会、読書会を開きました。

２人は印刷のためのガリ版や謄写版を持ちこみ、彼女たちに印刷の技術を教えたり、賃金値上げや労働条件改善のためにどうすればいいか話しました。

彼女たちは、自分たちの手で日本繊維組合片倉分会を作り上げ、職場新聞「セリプレン」を発行できるようになりました（セリプレンは、生糸の品質を検査する機械）。

分会員は25人。『無産新聞』の配布は25部でした。

詩「明日はメーデー」は、片倉製糸向けの「労働者の声」に載せられました。

明日はメーデー

槇村　浩

古ぼけたぜんまいがぜいぜいと音を立てて軋（ぎし）る
もう十二時になるのに
あなたはまだ帰つてこない
くすぶつた電球の下で

私はもう一度紙きれを拡げてみる
――八時までにはかならず帰る
　待つていてください　T
前の道路を行くヘッドライトが
急に大きく
ぽつかりと障子にうつる
私はぎつくりして
寒い下着の襟［えり］をかき合わす
あなたはもう帰ってこない
あなたはセンイのオルグ
朝の四時
氷柱（つらら）を踏んで私たちが工場へ急ぐ時
あなたはニコニコ笑いながら
電柱のかげからビラを渡してくれた

――賃銀三割値上げしろ！
――労働時間を七時間に！
――鬼のような見番制を廃止しろ！
――外出、外泊、通信の自由をよこせ！
――全協日本センイ××分会の確立へ！
ゴジックで大きく書かれたその文句は
焼けつくように私の眼頭（めがしら）にしみ込んだ

毎日毎日
あなたは電柱のかげに立っていた
氷雨［ひさめ］の降る朝でも
破けた傘にチビけた駒下駄（こまげた）をはいて
あなたは根気強くビラを渡してくれた
「ありがとうよ」

そういつてビラを取る私たちの胸に
あなたの姿はなんというなつかしい印象を残したか
字なみの揃［そろ］つたインクのかおりは
苦しい生活のなかで
どんなにか私たちを力づけたことか

そして私たちの分会ができた！
乾燥場の奥で私たちは最初の会合を持つた
私たちのただ一つの組合である
全協！
その署名を見るたびに
私たちの胸には何かしら熱いものがこみ上げてきた
私たちはこの二字のなかに
全国の同じ工場のなかで

つきのめされ、疲れ切つて
資本への憎しみにかたまつているおおぜいの兄妹を見た
旗をかかげ
腕を組んで
最後の日までのたゝかいに突き進む
何万の同志らの叫びを聞いた
私たちは集まつて工新の発行を協議した
名前は「セリプレン」ときまつた
「セリプレン」は二度めには百部出た
その時から
監督の顔色が険(けわ)しくなり
スパイが工場のなかをうろつき始めた
毎日
不眠で眼をまつかにはらした見番が

何人かの名前を読み上げた
そして
フミちやんも
しづちやんも
呼び出されたきり帰つてこなかった

「赤い」というのを口実にしてそろ〳〵首切りも始まつたし
おまけに一時間の居残り労働
積立金はビタ一文くれないで
「お国のために」しがない給料から天引きせねばならんという
「戦地にいる兵士のことを思つて」とぬかしやがつた社長のハゲチヤビンめ
たれが働き手を戦場に連れ出したんだ
たれがもうけるために戦争を始めたんだ

アジビラは毎日のように出たし
分会員の数は三倍にふえた
そこへ二割賃下げの発表だ
工場は急にどよめき出した
レンラクにいそいそとアジトへきた私なのに
立ち上がる日の近づいたという吉報をもつて
あなたをよろこばせようとした私なのに
あなたはもう帰つてこない
どの街角であなたはあげられたのか
そして今夜
吹きつさらしの部屋のなかで
どんな拷問にあなたは耐えているのか

手紙を焼き

ガリ版をフロシキに包んで私は外へ出る
この寒空に
張つているパイ公もいないらしい
なつかしいアジトよ　さようなら
あなたは帰つてこないが
あなたは後にたくさんの若芽を残した

さあ今夜はビラまき
夜が明けたら
すばらしい野天の五月のお祭りだ
フミちやんやしづちやん
そしてあなたへの復讐に
私たちの解放のために
みんな！

がっちり腕を組んでストにはいろう
——明日はメーデーだ

——一九三二・三・一七——

少し解説します。
センイのオルグは、繊維労働者のための組織者。
工新は、工場新聞。
レンラクは、連絡。
アジトは、秘密の集会所。
アジビラは、政治的扇動を目的とする文言を載せたビラ。
パイ公は、諜報員(ちょうほういん)。

この詩は、槇村浩さんのこれまでの詩とは感じが違っています。
読者に、しみじみと語りかける調子になっています。

詩人・槇村浩さんが、新しい方向に飛躍した瞬間を見たような気がします。

片倉製糸は、創立は、１９１３年5月です。高知市旭駅前通電停の、すぐ南にありました。敷地は、のべ７５３坪もありました。

後に私の母になる山脇冨士子の姉・山脇小時（ことき）さんは、ここでのストライキにも参加しています。

１９２９年8月26日午前5時ころ、同社内の寄宿舎の２００余人の女工たちが同社の正門へおしかけ、守衛の阻止もきかず歓声をあげて旭の街頭へ出て、旭一丁目の劇場・旭座に集結……。要求は、３畳に２人という寄宿舎の環境の改善、面会の自由などでした。

片倉製糸は、１９５６年4月21日に閉鎖されました。

いまも、同所のブロック塀が少し残っています。塀の上に張ってあった鉄の棒もあります。

第16章　槇村浩さんたちが逮捕されます

１９３２年４月21日、自宅のあった高知市の弘人屋敷（ひろめやしき）（いまは帯屋町２丁目。高知大神宮東側の地域）で検挙されます。

泊まりに来ていた毛利孟夫さん、古味峯次郎さんも一緒に逮捕されました。

治安維持法違反の容疑でした。

この検挙は、２月以来の陸軍歩兵第四十四連隊の上海出兵反対運動の関係者、日本共産青年同盟地区、日本労働組合全国協議会高知支部、日本プロレタリア作家同盟高知支部のメンバーで50人を超えていました。

同時に逮捕されたのは、池本良三郎さん、浜田勇さん、信清悠久さん、山﨑小糸さん、小松益喜さん（高知市生まれ。１９０７年〜２００２年。１９３０年、東京美術学校本科西洋洋画科を卒業。在学中に三木ときさんと結婚。日本プロレタリア美術家同盟の同盟員に。同時期に日本共産党の活動に参加。機関紙・赤旗（せっき）の印刷に従事しました。１９３１年、病気のため妻と郷里・高知に帰りました。健康回復とともに高知県における反戦、全協再建運動に参加。日本共産党細胞を確立します）、小松ときさん（１９０５年、高知市に生まれました。５歳のとき、父が急死。１９２１年、高知県立高知高等女学校を卒業。職を求めて上京して兄と同居。兄の友人の小松益喜さんと交際。１９３０年、小松益喜さんと結婚。科学的社会主義に目覚めます。日本電工株式会社に入社して、全協日電分会組織のために奮闘。発覚して馘首されます。以後、全協の活動にまい進。健康回復と共に高知の反戦、全協再建活動に参加。４月、高知県における全協活動家のいっせい検挙にあい、夫と共に逮捕され、治安維持法違反の容疑で高知県の赤岡署に２２０日間留置、妊娠中の身で過酷な留置場生活とたたかいました）、山本大和さん、志賀邦雄さん、松本博さん、吉永進（よしながすすむ）さん、林元子さん、藤原運さん（広海太治さん）、西村東録さん、小川藤好さんらです。

『日本憲兵昭和史』（1939年。憲兵司令部）は、槇村浩らの検挙の様を次のように書いています。

第三項　一齊檢擧の状況

四月二十一日夜半の憲警合同一齊檢擧には憲兵は田中伍長を除く外全員、警察官は特高課刑事並［ならびに］優秀なる巡査とにて計二十三名出動することとなり、左の如［ごと］く手配分擔［てはいぶんたん］を定め五班編成となす、

第一班　江口軍曹　濱口武夫宅
　山本刑事部長外三名
第二班　松岡上等兵　信清太郎宅
　大原刑事及［および］巡査一名
第三班　西原上等兵　コップ地方協議會
　岸本警部外巡査二名
第四班　石井上等兵　吉田豊三宅

〔吉田豊道宅　か〕

岡本巡査部長外巡査二名

第五班　岩　井　軍　曹　　　山　本　長　藏宅

大黑警部補外巡査　三名

而［しこう］して憲兵の服装は洋服輕装の齊一［せいいつ］とし、警察官は菜葉服［なっぱふく］、洋服、和服等各人の希望に委し、捕繩、呼笛、懐中電燈等の點檢［てんけん］を爲し、特に呼笛吹奏符號［よびこすいそうふごう］を警察官と打合せ、一面憲警相互間の危險防止の爲［ため］、拳銃、刀劍の携帶を避け、各自手頃の棍棒を携へ所謂［いわゆる］肉彈を以［もっ］て衝［あた］る決心の下に總［すべ］ての準備を整へ待機中、時到りて鈴木檢事の命令一下、各人は勇躍悲壯の決意を以て一同數臺［すうだい］の自動車に分乘し各々東西に向ひ檢擧本部たる縣警察部を出發せり。

第一班は首謀者濱田の隱家を襲撃せるが、濱田は名にし負ふ腕力家にして而［しか］も度胸の据［すわ］れる人物なるを以［もっ］て特に憲警共柔道二、三段の猛者を以［もっ］て編成せられあり。

濱田の隠家は三軒長屋の中央二階なるを以［もっ］て當夜［とうや］宵の中より五、六軒離れたる民家の二階を借受け其［そ］の隙間より彼の行動を監視したるに濱田は午後十二時頃一度電燈を消し寝に就［つ］きし如［ごと］く見られたるが、檢擧の手の廻りたるを察知せしや午前一時頃より再び點燈［てんとう］し何事か爲［な］し居たる情況なるを以［もっ］て檢擧班は直［ただち］に踏込むことを得ず、一同跣足［せんそく。はだし］となり其［そ］の様子を窺［うかが］ひつ、ありしが、斯［か］くする間に天明となりてはとの懸念より巡査一名を裏口に、又［また］一名を表口に、憲兵は二階口に、巡査は屋内へ入り階段より登り居室を襲ふこととし、夫々部署に就けり。

先づ階下の表戸に手を懸くれば難なく開き、家人は寝静まりて僅［わず］かに鼾［いびき］のみ聞ゆる情況なるを於［おい］て直［ただち］に屋内に入りたる二名の巡査は二階に登り居室戸扉に手を掛け開かんとせしも内部より施錠しあるを以［もっ］て開戸し得ず、此［こ］の物音に跳起きたる濱田は直［ただち］に電燈を消したるを以［もっ］て焦慮せる巡査は「濱田開けろ」と叫びしも何等の返答も無く、其［そ］の瞬間二階窓口の戸を開き濱田は尾根傳ひに逃走［とうそう］せんとせしを以［もっ］て、屋根に警戒中の江口軍曹は「濱田待て」と大喝［だいかつ］するや彼も今は遁［のが］れ得ざるを知りたるか室内に引返し電燈を點［つ］けたり、江口軍曹は直［ただち］に飛び込み逮捕せんとするや彼は「自分は濱田にあらず、濱田は一昨日東京へ行つた」と空嘯［ふてぶ］きありしも、江口軍曹は長期間の内査に依［よ］り濱田の顔を知悉［ちしつ］しあるを以［もっ］て「嘘［うそ］を云へ、俺は貴様の面態を能［よ］く知つて居る」と告ぐれば彼も微笑し遂［つい］に濱田なることを無言の裡［うち］に首肯せり、因［よ］つて江口軍曹は直［ただち］に逮捕すると共に家宅捜索を爲［な］し謄寫版、印刷物原稿等を押收したり。

逮捕に用ひたる戒具［かいぐ］は新式の手錠に捕縄を結付けたるものにして之［これ］を以［もっ］て嚴重に捕縄し、待合せたる自動車に乗せ一同檢擧本部に引揚げしが縣廳正門にて自動車より濱田を引卸さんとするや彼は矢庭に捕縄［ほじょう］を切斷し暗中に逃走［とうそう］せり、之［こ］れより先に下車したる江口軍曹は直［ただち］に追跡し約一丁の處［ところ］に於［おい］て漸［ようや］く取押へ檢擧本部に引致せり。

第二班の襲ひし信淸宅及［および］第三班の踏込みしコップ事務所は平素より内査の爲［ため］憲兵は能［よ］く勝手知り居る關係上巡査一名を表口に張込み、松岡上等兵と巡査一名と共に靜に雨戸を取り脫し二階に登りしが彼は此［こ］の檢擧を知らずして内妻女給德川良子事［こと］鍋島君枝と同衾［どうきん］熟睡中なりしを以［もっ］て有無を言はさず逮捕し而［しこう］して後家宅捜索を行ひ濱田宅に於［おい］て押收したる證據品［しょうこひん］と同一の文書、檄文、ビラ等を發見之［こ］れを押收して引揚げたり。

又［また］第三班は勝手知り居る西原上等兵は同家雨戸を脫せんとせしが施錠ありて開き難きを以［もっ］て表口に巡査一名を張込ませ、西原上等兵及［および］巡査とは附近にありし梯子［はしご］を用ひて彼等の寢室たる二階屋根に登り室内に踏込み、同室に就寢しありし弘田市造外一名を難なく逮捕し、コップニュース發禁處分の新聞雜誌及［および］反軍印刷物等を押收し本部に引揚げたり。

第四班は吉田の隠家に向つて邁進［まいしん］し巡査一名を表口に残し、石井上等兵及［および］巡査三名の區署［くしょ］を定め逮捕する計畫なりしも同家は一般下宿屋なるを以［もっ］て濫［みだ］りに他班の如［ごと］く無雜作に踏込む能はず、因［よ］つて石井上等兵は表口より「電報々々」と連呼して家人を起したる處［ところ］、同家女將出て來り表戸を開くや一行の唯［ただ］ならぬ樣子に大聲［おおごえ］を發せんとした刹那［せつな］石井上等兵は逸早く「私等一行は憲兵警察官なるを以［もっ］て安心せよ」と告げて安堵［あんど］せしめ、直［ただち］に二階に登り襖［ふすま］を開きて一齊に吉田の部屋に踏込んとするや今迄［いままで］就寢しありし一名は飛起き樣抵抗せんと身構へしたるを以［もっ］て石井上等兵は「俺は憲兵だ抵抗すると射つぞ」と大喝［だいかつ］するや、彼の態度は豹變［ひょうへん］し檢擧班の前に頭を垂れしが、此［こ］の大喝に目を醒［さま］したる他の二名も跳起きんとしたるに依［よ］り素早く一行は蒲團［ふとん］の上より押へ付け毛利、吉田、古味の三名を難なく逮捕せり。

最初同家に赴く際は吉田一名と思ひ踏込みたるに一時に三名を逮捕し得たるは洵

［まこと］に天佑［てんゆう］にして思はぬ獲物を得たり。而［しこう］して最初抵抗せんとしたるは豫備役輜重兵［しちょうへい］特務兵古味次郎にして取調の際「檢擧と直感したるを以［もっ］て抵抗し迯走［とうそう］せんと圖［はか］りたるも其［そ］の瞬間憲兵の一言を聞き一時に勇氣鈍りて抵抗力を失へり、之［こ］れ自分は軍隊教育を受けたる結果ならん」と述懐［じゅっかい］せし由［よし］にて石井上等兵の大喝［だいかつ］せる憲兵の二語が此［こ］の逮捕に如何に偉大なる力を持ちしかを推知し得べし。

第五班の襲ひたる山本長藏の隱れ家は表通り二米［にめーとる］の塀と頑丈［がんじょう］なる門戸に圍［かこ］はれ、而［しか］も主人の居間は相當奥深き處［ところ］に位置しある關係上容易に踏込むこと能［あた］はず、且［かつ］同家の本屋には現役將校一名下宿しあるを以［もっ］て相當の注意を要すべく、檢擧班も一時困惑したるが平素より身輕き岩井軍曹は軍隊に於［おい］て鍛へたる障碍飛越［しょうがいとびこえ］を應用し一刑事の肩を借り首尾好く塀を乘越へて邸内に入り門の門［かんぬき］を脱して一同を誘引したるが裏に通ずる路に又［また］門戸あり因［よ］って此處［このところ］にても岩井軍曹が例の如［ごと］く一番乗りに入家して目的の裏座敷に到り、二名を下に殘し岩井軍曹及［および］警官二名と共に階上に到り彼の寢室を襲へり、然［しか］る處［ところ］當夜は山本、森山の二名居合せ早くも檢擧班の入り來る物音に目を醒［さま］し、檢擧を直感せるか電燈を消し檢擧班の進入するや、手當り次第に器物を擲［な］げ抵抗せしも三名同時に乘込みての暗中の格闘を續け、決死の檢擧班に抗する術も無くなり遂［つい］に二名共縛に就［つ］けり、而［しこう］して後家宅捜索の結果不穩印刷物及［および］原稿等を押收して檢擧本部に芽出度［めでたく］引揚げたり。

叙上［じょじょう］の如［ごと］く悲壯なる決心の下に突入したる檢擧班は何等の事故及［および］蹉跌［さてつ］もなく豫期［よき］以上の成果を以［もっ］て檢擧するを得、更［さら］に各班は他のメンバー檢擧並［ならびに］第二段の家宅捜索を實施し、名實［めいじつ］共に憲警協力第一回檢擧［だいいっかいけんきょ］の外に西村、井上、志賀、中山等一味二十餘名を檢擧し、多數の不穩文書、原稿、其他［そのた］の證據［しょうこ］物件を押收し同日正午迄［まで］に一段落を告げたるが就中［とりわけ］此［こ］の捜索に於［おい］て濱田の隠匿［いんとく］せる共青の配布網圖を發見したるは爾後［じご］の取調上貢献する處大［ところだい］なる効果ありき。

槇村浩さんは、陸軍歩兵第四十四連隊や高知市内への反戦ビラ執筆の件が問われました。

高知県の高岡署に連行され拷問を受ました。

槇村浩さんは、信清悠久さん、小松益喜さんと共に治安維持法違反被告事件で高知地方裁判所刑事部で裁判にかけられます（裁判所判事は、山本武さんと山﨑八十二さん）。

検挙の翌年、１９３３年4月28日に判決が下ります。

信清悠久さん、小松益喜さんには懲役2年、槇村浩さんには、懲役3年でした。

そして、３人とも高知刑務所に入獄しました。

槇村浩さんは、高知刑務所内で私立土佐中学校の同窓生・下司順吉［げしじゅんきち］さんや幸徳事件で入獄していた高知出身の坂本清馬さん（1885年7月4日～1975年1月15日）と出会います。

槇村浩さんが、この刑務所内で書いた「入所時感想録」が残っています。

六三五番　氏名　吉田豊道

入所時感想録

一　犯罪（はんざい）するに至（いた）つた筋道（すじみち）を記（き）せ

自分ハ最初世上ノ俗論ニ迷ハサレテ、マルクス主義ハ一箇ノユウトピアニ過ギナイト信ジテ居タ。シカモ世上ノ反マルクス主義論ハ矛盾百出迷理錯雑一モ理論トシテ取ルニ足ルベキモノハナイ、ヨッテ自分ハマルクス主義ノ正シクナイ事ヲ完全ニ理論的ニ証明セントシテ研究ヲ始メタガ、ソノ結果ハ却ッテ同主義ハアクマデ正当デアリ、且［か］ツ無産階級解放ノ唯一ノ途［みち］デアル事ヲ認メルニ至［いた］ッタ、真理デアル以上ハ実践スルノハ当然デアル、自分ハカク信ジテコレヲ行動ニ移シタノデアル。

二　裁判言渡しの時どう感じたか

実ニ不都合デアルト感ジタ

三　受刑者として収容せられた時どう感じたか

別ニ処感［しょかん］ナシ

四　被害者に対してどう思ふか

自分ハ正当ト信ズル事ヲ行ッタノミデアル、自分ノ行為ニヨッテ害ヲ被ッタ者ガアリトスレバ、モトヨリ彼等ガ不正ナノデアルカラ、従ッテ何等気ノ毒ニ思ヒヤウハナイ。

五　父母祖先及び家族に対してどう思ふか

別ニ処感ナシ。

六　犯罪に因りて得た金品は何に使つたか

毫モ利欲ヲ目的トシテナシタ行為デハナク、従ッテ金品ハ何等得テ居ナイ

七　自分の悪癖は何と思ふか

八　事ヲナスニ於［おい］テ散漫ニ陥ルノガ自分ノ最大ノ悪癖デアルト思フ
是れまで何か信じて居ったか
宗教ノ意味ナレバ何モナシ。主義トシテハ勿論［もちろん］マルクス主義ヲ
信奉シテ居ル

九　今後信仰によりて真に生きたい気はないか
絶対ニナシ。

十　収容中どんな心掛けで暮す積りか
普通ニ暮ス積リデ居ル

十一　今後どうして世渡りをする積りか
糧道ハ出来得ル限リペンニ依［よ］ッテ得テ行ク積リデ居ル。

十二　釈放後は何処に帰り誰をたより何業に就く積りか
一旦［いったん］帰宅スル積リデ居ル。ソレ以上ノ具体的ノ事ハ釈放時ノ事
情ニヨッテ決スルノデアルカラ今カラ何トモ言ヘナイ。

十三　其他希望又は感じたことを記せ

こうした槇村浩さんの獄中での様子を描いた文章があります。中沢啓作さん著「槇村　浩　没後40周年によせて――はしり書き的覚書――（雑誌『日中　11月号』。1978年10月30日。日中書林）で紹介されている日本共産党の幹部・松本一三さんの言葉です。

［東京の］府中刑務所内にあった予防拘禁所に［中略］拘禁されていたころのこと、ここへ教誨師［きょうかいし］として中村某が高知刑務所から転勤してくる。この中村があるとき私（松本一三）にこう言った。

「あなた方のがんばりには全く感心します。立場をはなれて言えば立派です。しかし私は高知刑務所にいたころ、一つの経験がありますが、全く頭のさがるおもいをしたことがあります。

それは槇村浩という青年ですが、刑期をおえて出所する一九三五（昭和一〇）年六月のこと、私は職務上若干の質問をした。ここを出ておまえはどうするつもりだ。今の日本はこれまでどおりではない。非常時である。その心がまえは出来ているかときくと、いや出来ています、矢張戦争反対はつづけます。私にはこの日中戦争は正しいものとおもえません、と答えた。それならばとても日本ではくらせない。おまえは日本人でなくなるぞと一言すると、少し考えていたが、それならソヴェトへでも脱出しますよ。そうして反戦という立場はつづけますと。

昂然［こうぜん］とした態度で綻［ほころ］びの見える浴衣の肩をそびやかした姿と、スタスタと出所をしていくうしろを見送りながら、私は全くあきれてしまいました。なんという強情な信念のつよさだと、あなた方の主義主張は別として、こうした態度をつらぬいたあの一見弱々しさののこる青年槙村浩には今でも感服しています」。

槙村浩さんは、高知刑務所で監獄病といわれる拘禁性鬱症（うつしょう）・食道狭窄症（きょうさくしょう）にかかりました。

１９３４年、勅令（皇太子誕生）によって2年3か月に減刑されます。

1935年6月、高知刑務所から出獄。

高知刑務所の前では出獄する槇村浩さんを、母・丑恵さんの従妹・田内亀さんが迎えました。

槇村浩さんは、日本赤十字社高知支部療院の前の自宅で丑恵さんと暮らすようになりました。

このころ、槇村浩さんは、詩「バイロン・ハイネ」を書き、論文「アジアチッシュ・イデオロギー」の第1稿を書きました。

第17章　長編叙事詩としての槇村浩さんの作品

槇村浩さんの詩についての評論にあたっているうちに槇村浩さんの「生ける銃架――満洲駐屯軍兵卒に――」と「間島パルチザンの歌」を長編叙事詩という側面から論じているものに出合いました。

叙事詩とは、歴史事象、伝承、英雄伝などを物語る、長編の韻文作品のことです。宮崎清さんは、槇村浩さんの詩について、次のように言っています（「槇村浩没後五〇周年記念講演　抵抗の詩人・槇村浩の詩と生涯――その現代的意義を考える」＝槇村浩の会『ダッタン海峡　第8号』。1992年6月1日）。

……「生ける銃架」と「間島パルチザンの歌」は、長篇叙事詩的な特徴を備えていて、作者自身の革命的な感情と思想を、事件の展開を通してみごとにイメージアップしています。槇村は小学時代に歴史の授業が得意だったということで、民族興亡の歴史を歌いこんだ唱歌というか、新体詩風の詩を作っているわけなんですが、歴史への関心の深さ、ということが叙事詩的発想の土台に刻まれているような気がします。（中略）かれの叙事詩的作品には格調の高さ規模の雄大さといったものが感じられます。それはコスミックな［宇宙的規模の］感覚といってもいいものです。

宮崎清さんは、『詩人の抵抗と青春　槇村浩ノート』（1979年10月20日。新日本出版社）では、こう書いています。

槇村浩の「間島パルチザンの歌」が、叙事詩としてのすぐれた特質をそなえていることに異論はなかろう。

そこにえがかれているのは、一九三〇年代の、朝鮮人民による民族解放闘争の壮大なロマンである。歴史的な、そして、前衛的な立場からの対象の客観的な把握と、それをささえる濃密な詩的リアリティ。民族の希求と行為を典型的に体現する、登場人物の自然な描出、物語性、全篇にみなぎる格調のたかさ、等々、それはすくなからず叙事詩的である。さらにいえば簡略だがその均整のとれた形式によって、つまりまとまりのよさによって、プロレタリア叙事詩のひとつのひながた、範型ともいえるおもむきさえ感じさせる。その意味では記念すべき古典といえるだろう。事実、槇村以前に「間島パルチザンの歌」をりょうがするプロレタリア叙事詩は書かれていない。

木村幸雄さんは、『講座・日本現代詩史　第三巻　昭和前期』（1973年11月30日。右文書院）で、次のように評価しています。

……槇村浩は、長編叙事詩「間島のパルチザン」［「間島パルチザンの歌」のこと］を「プロレタリア文学」（昭七・四）に発表し、コップ［日本プロレタリア文化連盟の略称］になってめざましい作品の見られなくなっていたその紙面をかざった。若々しい革命的ロマンチシズムの熱情と粘着力ゆたかなイメージでもって、朝鮮人民の日本帝国主義植民地支配にねばり強く抵抗するパルチザン闘争を叙事詩的構成で歌い上げたもので、新鮮な迫力がある。

飛高隆夫さんも『国文学　解釈と教材の研究』２月臨時増刊号（１９７８年2月25日）の「編年体・日本近代詩歌史」の「昭和7年　１９３２」の項で、つぎのように書いています。

槇村浩が「プロレタリア文学」四月号に発表した長編叙事詩「間島パルチザンの歌」もその新鮮な迫力によって忘れることはできない。

浦部真弓さんも、その「叙事詩性」に注目しています（「槇村浩　初期作品群について」＝槇村浩の会『ダッタン海峡　復刊第1号』。１９６3年7月）。

この詩は、当時にあって深い感動をまきおこしたことはいうまでもないが、では この詩の、現在にもつ意義は何であろうか。詩人の死後三十余年を経ながらもなお、かくも深い感銘を我々に与えるのは何故であろうか。いくつかその理由をかかげることはできようが、何よりもまず私は、この詩の叙事詩性によると考えている。

第18章　出所後の、下司順吉さんとの交流をうたった2編の詩

槇村浩さんは、高知刑務所を出所後、私立土佐中学校のときの友人・下司順吉さんとの交流をうたった2編の詩をつくります。

一つは詩「青春　献じる詞（牢獄にて）」です。

青春
献じる詞（牢獄にて）

槇村　浩

（前略）
ひよろ長いみづき［ミヅキ］が銀木犀［ギンモクセイ］の傍で猫のように枝をふつている
アルマーニユの谷間の忘れられた寺院が
春さきのせゝらぎの中から
こつてり厚化粧して飛び出して来たように
横肩を落してその上からのぞきこむ――
古ぼけた銅像と校舎と庭園と運動場を
そして持主のブルジヨアが水つぽい壁の上にはりつけたレツテル――T・M・S・

ずり落ちそうな古カバンを抱え
だぶ〳〵のズボンをたくしあげ
鍔［つば］広い帽子をめくつて額の生際［はえぎわ］をふきながら
十一から十四までを僕はこゝに通つた
神経質な電鈴が、錆［さ］びついた壁のひゞわれにしみこんでは
百人の少年たちの海燕［ウミツバメ］のような心臓をひんまげては急かし立てる
校舎で
猫背になり
僕は室の中で真直ぐに立とうとするねずみもち［ネズミモチ］のような時代を過
したのだ

止めよう！　石膏［せっこう］のぼろ〳〵落ちた美術室の飾棚［かざりだな］の
上で
首の落ちた少年像をまたまさぐるなんて！

カラーの折り込みに苦心する級友の間で、
ぼろ〱の帽子を目深かに引つかぶつて
僕は曲げられぬねずみもち［ネヅミモチ］の誇りを捨てなかつた
この幼い誇りが
ひねくれた庇［ひさし］からふてくされた顔を面とさらすまでには
孤独な情熱を燃やしきる鉄の火炉［かろ］が沢山まだ必要だつたのだ

お丶人がかたくなな青春の銅扉の前にたじろいだ時
感傷のニユアンスは何と流れるように日の旋（めぐ）りを経（た）たしめたことだろう

この期間のなつかしい友人たちを僕は永久に忘れない
低い鉄柵と石楠［シャクナゲ］の並木の間で
何となく友欲しさに交わした愛情は
ヒユーマニズムの昂奮［こうふん］に燃えて探し廻つた「正義」は

決して忘れられるものぢやないんだ！
お丶僕らの小さい秘密結社、「共産主義幼年同盟」
それは、ぬるで［ヌルデ］とこめこじん［コメコジン］の間を匍［は］つて行く
銀の光の、透き通つた鉱脈の中に自分を浸しながら
とめどもなく身内に脈うつ晩秋の匂［にお］いを嗅［か］ぎ合つた時生まれたの
だが！
（中略）

さようなら！　と僕は言つた
それは不遜［ふそん］な少年たちが次々に放校される順番が
僕に廻つて来た時だつた
三年后に治維法［治安維持法］に問われたKが姿を見せなくなつてから間もなく
ひつぺがした上のホツクと
下から二番目のＭ・ボタンをかけぬ学校に

僕は永別したのだ
〈五年たつてから、彼と同じ牢獄の編笠が僕をその下に立てた〉
それは本当に止まり木のような
イデアのぼろつきれからの最後の訣別［けつべつ］だつた
小さい同盟員のあんなに多くが
社会の嵐の中で、次々にコンミユニストに育ち
次々に拷問の鉄扉の中で、始めて庇［ひさし］をつきのけた顔と顔とをまともに合わせえた、こんな少年の学園は
そんなに多くはありやしないんだ！

そして高知が僕等の集中的舞台だつたのだ！
（後略）

用語の解説をします。

アルマーニュ＝フランスの都市。
Ｔ・Ｍ・Ｓ・＝私立土佐中学校のこと。
海燕（うみつばめ）＝ウミツバメ科の海鳥です。
ねずみもち＝モクセイ科の常緑低木。葉は卵形、表面に光沢があります。
庇（ひさし）＝寝殿造で母屋（もや）の四周にめぐらされた下屋（げや）の部分。
火炉（かろ）＝火を入れて煮焼きしたり暖をとったりする設備。
石楠（シャクナゲ）＝ツツジ科ツツジ属の常緑低木の総称。
昂奮（こうふん）＝感情のたかぶること。
ぬるで＝ウルシ科の落葉小高木。高さ約６（メートル）。
不遜（ふそん）＝思い上がっていること。
治維法＝治安維持法。
Ｍ・ボタン＝男性のズボンの前ボタンのことです。

槙村浩さんの詩「青春」について詩人の壺井繁治さんが『回想の詩人たち』（１９７０

年9月30日。新日本出版社）で、次のように述べています。

この詩がいつごろ書かれたか、年譜ではあきらかにされていないが、おそらく昭和十（一九三五）年六月に出獄して、「バイロン・ハイネ」が書かれた以後の作品ではなかろうか。この年にはすでに彼の所属していた日本プロレタリア作家同盟は解散し（一九三四年二月）、日本の解放運動は政治・労働・文化の領域をふくめ、全体として急速に後退期にはいるとともに、翌年の昭和十一年二月二十六日には、軍部を中心とするファッショの武装蜂起事件として有名な二・二六事件がおこって、国内のファッショ的な傾向はますます強まり、その年以後メーデーは禁止され、いわゆる「満洲事変」を口火とする中国大陸侵略戦争は拡大する一方であった。このような時期に書かれた「青春」という作品を通じてうかがえる作者の革命運動に対する姿勢は、全然崩れていない。当時の［日本］共産党内部では、党の最高幹部であった佐野・鍋山らの「転向声明」をきっかけとして大きな動揺がおこり、多くの党員が戦線から離脱したが、彼はそういう流れにはあくまで抗しつづけようとしたことは、他の未発表の詩においてもはっきりとうかがえる。もし彼がそのような姿勢を保持することができなかったとすれば、「青春」という作品は書かれなかったであろうし、たとえおなじく「青春」と題する作品がつくられたとしても、まったく別のものとなったであろう。彼はこの詩のなかで、彼の若い精神の目覚めと形成を、ある部分では追憶風に歌いながら、結局たたかいの歌として歌いきっているところに、今日の時点から見ても大きな意味をもっている。この詩を今日、綿密に検討するならば、才能にめぐまれていたとはいえ、作者がまだ若かったので表現の上では未熟な点があるが、一篇を貫く作者の瑞々しい精神――青春と革命とが二重うつしとなった、この作者独特の情熱の詩的表現を高く評価せずにはいられない。つまりこの詩は書くべきことが作者の内部にいっぱいつまり、それを書かずにはいられぬ内部衝動によってほとばしりでたような感情のボリュームが、この詩に力強いリズムを与えている。

もう1編は、「同志下司順吉」です。

同志下司順吉

槇村　浩

――同志よ固く結べ　生死を共にせん
――いかなる迫害にも　あくまで屈せずに
――われら若き兵士プロレタリアの

それは牢獄の散歩の時間だつた
独房の前で彼のトランクを小脇に抱えているむかしの友
同志下司と彼の口笛に七年ぶりで出あつたのは！

彼は勇敢な、おとなしい、口笛の上手な少年だつた
だが夏の朝の澄明（ちようめい）さに似たあわたゞしい生活が流れてから
境遇と政治の渦流（かりゆう）が
私たちを異つた都市と都市との地下に埋めた
そして今日――汽船（ふね）が
青く冴えた土佐沖を越えて
この同じ牢獄に、やゝ疲れた彼を運んで来たのだつた！

彼は大阪の地区で精悍（せいかん）な仕事をして来た
敗北と転向の大波が戦線にのしかゝろうとした時
法廷で
彼は昂然「こうぜん」と皇帝を罵倒（ばとう）した
危機の前に彼は屈辱を知らなかつた
彼は党のために彼の最も貴重な青春の期間を賭けた

五年の拷問と苦役が
彼のつんつるてんな赤衣［あかぎぬ］からはみ出た長身をけづり立て
彼の眼を故郷の鷲［ワシ］のように鋭くした
私たちは元気に挨拶を交わした
お丶、若さが私たちを耐えしめた
――彼は私と同じく二十一だつた！

彼は昔ながらのたくましい下司だつた
じめ〴〵した陰欝［いんうつ］な石廊で
彼は斜めに
密閉した中世の王宮のような
天窓に向いて
こけた、美しい、青ざめた頬をほてらせ
ひようひようと口笛をふいた

タクトに合わせて
私はぢつと朽ちた床板をふみならしながら
しめつぽい円天井の破風に譜のない歌を聞き
敷石にひゞく同志の調べを爽(さわ)やかに身近かに感じた

——朝やけの空仰げ　勝利近づけり
——搾取なき自由の土地　戦い取らん
——われら若き兵士　プロレタリアの

離れた
石廊のかなたで
なぜとなく
私はうつとりと聞き入った
それは恐れを知らぬ少年のような、明朗な自由の歌だつた

看守の声も、敷石のきしみも
窓越しの裁断機や鋸(のこ)の歌も
すべての響きが工場の塀越しに消えていつた
――その塀はこんなにも低かつた！

若いボルセヴイキの吹くコンソモールの曲は
コンクリの高壁を越えてひろ〴〵と谺(こだま)した
それは夏の朗らかな幽囚の青空に、いつまでもいつまでも響いていた………

詩の1行目の「同志よ固く結べ　生死を共にせん……」は「同志を固く結べ」(ユダヤプロレタリアート闘争歌）の冒頭部分です。飯淵啓太勞郎さん訳詞。

1　同志よ固く結べ　生死を共にせん
　いかなる迫害にも　あくまで屈せず

われらは若き兵士　プロレタリアの

2

固き敵の守りよ　身もて打ち砕け
血潮に赤く輝く　旗を我が前に
われらは若き兵士　プロレタリアの

3

朝焼けの空仰げ　勝利近づけり
搾取なき自由の国　闘いとらん
われらは若き兵士　プロレタリアの

4

暴虐の敵すべて　地にひれ伏すまで
真紅の旗を前に　戦い進まん
われらは若き兵士　プロレタリアの

第19章 「長詩　バイロン・ハイネ
――獄中の一斷想――」

出獄後、初めて公表された槇村浩さんの詩は
「長詩　バイロン・ハイネ――獄中の一斷想［いちだんそう］――」です。
『詩人』1月号（1932年1月）に掲載されました。

長詩

バイロン・ハイネ

――獄中の一斷想――

槇村浩

その時僕は牢獄の中に坐つてゐた
格子が
僕と看守の腰のピストルとの間をへだてゝゐた
看守は
わざ〳〵低くつくりつけた窓からのぞきこむために
朝々うやゝしく［うやうやしくか］僕にお辞儀し

僕は　まだ脱獄してゐない證據［しょうこ］として
ちびつけのブハーリンのような不精髯［ぶしょうひげ］の間から
朝々はつたと看守をにらみつけた
これが僕らの挨拶だつた
朝になると、窓が右からかげつて來た
夜になると、窓が左からかげつて來た
そのたびにアスファルトのどす黒い影が
ぐるりと鐵格子をまわつて
二つの世界を僕の前にくつきりくりひろげた

僕はこう感じた
鐵格子の間には、××と卑屈と
道化芝居の動物園がある――
誰が敢てそれを自由と呼ぶか！

そこでは空氣と太陽のかけらさえ
淫賣婦のように購入を強ひられる
犬、猫かぶり、猿まね、下手くそなおーむ［オーム］ども
何とゆうちつぽけでみじめな宇宙だ！
そして僭越にも　誰が敢て僕らを檻の中と呼ぶか！
このそとの、××と卑屈と、道化芝居の動物園の
僕らは果敢な園長ではないか——しかも僕らの中に死活の鍵を握つた！
おゝ、何とゆうこゝは自由な
そしてほゝえましい世界だらう！

そして　ある日
僕は板じきの上にのんきなアルマジロのように寝轉［寝転］んで
手あたり次第に本のページをくつてゐた
それは皮肉にも、このむかつぱらになつてはいじけ

むかつぱらになつてはいじけする
狭い島國の詩人たちが
順々に古典的博物館からくりひろげてみる
詩と詩に關する叙述に屬してゐた
僕はその中から　二つの名前をひろいだした
――バイロン！
かつてこんなしかめつつらを守りつゞけるために、民衆におあいそをふりまいた
イギリス人があつた……
――ハイネー！
かつてこんな利己的であるために、民衆を愛したドイツ人があつた……
そして
帝國主義の尖頭で詩才をすりへらしてしまつたある日本の、先日老いぼれて墓場
へくたばりこんだ男は
かつて星と菫「スミレ」に青ざめながら

もつとしぶとい強盗共の進軍を眺めてこう言つたものだ
――バイロン・ハイネの熱なきも……
――ヨサノ・テッカンこゝにあり……

現在の日本には、いろんな萬能薬のパンテオンの墓場にもつともらしくこの二人
を改葬した
ルンペン・プロレタリアートの一群がある
マルキシズム――ロマンチシズム――クラシシズム――適度のエロ・グロイズム
書斎の上で劍をふりまわす英雄どもの生活綱領
古いせりふをひねくりまわし、世界とその沒落性を批判すること
そして
エチオピアの戰争のように喝采［かっさい］すべきバイロンと
正札つきのペルシャ猫のように愛すべきハイネと
そうして彼等は警官の靴音に眉をひそめながら歌ふのだ

――バイロン・ハイネの熱なきも……
――ペンと酒壺こゝにあり……

ひようかんな同志勞働者、林
若い勇敢な同志勞働者、石田
それから多くの同志たちの
こうしたなつかしい差入れの果物の
地區の工場の、日々自分の心臟と共に鼓動した愉快な滑音に似た味を
病みちゞんだ不消化な胃を消化するために
一滴々々がつ〳〵のみほしながら
そして差入れのこれらの書物を
(國立圖書館からの無斷借用本、政治犯への同志からの常例の融通本!)
この方はおそまつな腦液でしかしもっとよく消化し乍[なが]ら
僕はうつとり空想してゐた

外では　この汁液が腦液になるために
どんなに多くの胃の腑と肺臓が惱まされ
どんなに多くの手がふるえ　目がくらみ
飢餓の廢絶への進軍ラッパが工場の隅々から吹きならされてゐるか
あらゆるものを消化する自由の胃の腑は
あらゆる人民の胃の腑の自由と共に
こうした　二つの世界の二重の牢獄に
遠からず來るだらう、來らしめ來らしめられるだらうと

そして僕は呑氣に〳〵口笛を吹き吹き歌ひ出した
——夜でも晝［ひる］でも——　——　——
——牢屋は明い——　——　——
——時々犬めが——　——　——
——窓から尾をふる——　——　——

すると、誰かゞコツコツと窓をノツクした
僕は仰向いたまゝ「おーい」と返事した
佩劍［はいけん］よりはもつともの〳〵しい金屬の響きが僕に答えた
――牢番かい？
と窓口の厚い織物の影がいらだたしげに僕をさえぎつた
――坊主かい？
こんどは芝居風なこてをかけた長髮の影が鐵格子から斜めに僕に立ちふさがつた

同志ではない！
僕は半分起き上つて「入りたまえ！」といつた
「もつとも拷問場への入口の鍵は牢番の
轉向場への出口の鍵は坊主の
ポケツトに納まつてゐるのだがね」

すると影はいらだたしげにずつと入つてきた
カイゼルがルパンを尋ねたように
三銃士が鐵假面を尋ねたように
そして、緋色のマントに巻髪のかづらをつけ、唇をひんまげたびつこの、堂々たる男が僕の前に立つた——
まごうかたなきイギリス種、キング・チャールスの純血種、放蕩詩人……
これが　僕とバイロン卿との最初の會見だつた

彼は入つてくるや否や
羽根つきの帽子を子供のように左から右へ得意げにうちふりながら
踵「かかと」の先へまつすぐに猪首を立て
舞臺の友田恭助のように　尊大げに口を切つた

「われ〳〵の作りあげた浪漫的精神と

そのために必要な義憤と昂奮と、そしてちつとばかりの熱情をもつて
(彼は目のとまらぬほどわざとくしやみした)
僕は囚れの君にうやく〳〵しく挨拶を申しのべる
僕はシェリー酒と、スタンブール種の女が命ずる限りにおける人民の友――もつ
ともこいつは
(バイロン卿はぐつとおくびを嚙み殺した)
われ〳〵の胃の腑からより胯［また］くらのやつの命令だがね僕の名は、情熱の
孤獨なまでの昂揚機、閉塞せる情熱の愛撫者
で、もしおぼしめしなら、昂揚のあまり人民たちから孤獨にしてしまふ條件で
すばらしい解放案の目錄へ君をのつつけることができるのだが」

この時僕は、立ちはだかつたバイロン卿のマントの影にもつと小型な
複製の塑像のような、眼を栗鼠［リス］のようにきとつかせたせむしの小男が
松葉杖にすがつて

神経質に自分へ注意を引こうと身構てゐるのを發見した

彼はかわいた小犬のように
すばやく僕の視線をうけとめた
彼は片つ方の松葉杖につまづきながら
もう一つのドイツ種の松葉杖をふりあげるようにして
口をもぐ〳〵させながら
せつかちに僕に呼びかけた
「自由の神經質は神經質な自由を創造する、この××の美くしさを、友よ、謳歌しよう
ハインリツヒ・ハイネ、僕は」

「ようこそ」と　僕はあぐらを組み直しながら言つた
半ば豫期してゐたこの情景を

てつとりばやく議事進行させるために——
こんなことは　三五年の牢獄ではよくあるものだ
自分で清算したつもりのかなりの多くの人々の心にどんなに多くのジヨンブル種
のバイロン卿のかけらが住み
どんなに多くの氣さくめいたハイネ君が
心の片隅でロマンツェロな踊りを踊つてゐることだらう
もしプロレタリアートが
網膜の前をゆききする多くの人生のシルエットと共に
バイロン、ハイネを正視するなら　彼は正しい
——だが、うつかりこのシルエットが
鵞鳥［ガチョウ］の食欲と一しよに
彼の身内に食ひ入つたが最後
二種類のジャンルのブルジョアーは
彼にマラリア病のように不健康な影響を與へる

僕らのからだには
自然にバイロン、ハイネのみそこしがあるものだ
敬遠と輕蔑と敵愾［てきがい］と、そして若干の友情とで
僕は彼等をおしかへしながら
かんたんに僕らの態度を表明した
「ようこそ、バイロン卿！　ようこそ、ハイネ君！
きみらの生國のことばには舌なれぬが
アルビオンの海賊の子孫と
ラインランドの羅紗商［らしゃしょう］の息子が
どんな舌で言ひ、どんな横隔膜でしやべつたかは
この東洋のこまちやくれた黄色いブルジョアジーの國家では
少年時代からわれ〳〵は辭書のかけらと一しよに惱み
その中へせか〳〵と吸收させられることを强ひられてゐたのだ
あるまはりあわせが

今ここでこうして君らの詩と幽靈と對角的な後繼者とに僕を會見させてゐる
この不清潔な獨房は、汗と糞［くそ］と
强制勞働の作業品の體臭［たいしゅう］とに埋もれてゐるが
きみらがそれに耐えうる間、お互を愉快なエピゴーネンにするだけの餘裕は
お互に持ち合はせてゐるだらう
作業は暑いし　本は讀みきつたし
隣房とは話させぬために西瓜［スイカ］の殼［から］のように僕のまはりをずら
りとからつぽにしてしまつたし
官給六錢也の定食にはまだ時間があるし
それに牢獄新聞の發行も今はちよっとお休みなのでね」

バイロン卿は手をふりながら答へた
「僕は、君、常に暴動の辯護者だつた
あのどぶねずみ［ドブネズミ］のように機械破壊者の群が死刑法の前に徒黨をく

んで立ち向つたとき僕はかれらのために議會で赤票を投じたたゞひとりぢやなかつたか
勞働者といふものが
飢え、横つ面を××と棍棒でしたゝかひつぱたかれる××の下におかれたとききやつらは　神出鬼没になるものさね、全く！
ネッド・ラッド、やつらの首領——あいつは殺しても殺してもまた立ちあがつて來た
何千萬人「なんぜんまんにん」がネッド・ラッドになつたのだ
僕は指導者が××を作るものでなく、××が指導者を作るものだといふことを
僕の愛するあひる「アヒル」の雌の存在のように身にしみて感じさせられたよちようどバイロンがいまはしい情熱を作るのではなく、情熱がバイロンを作るのだといふことをね」
こう警句めいたせりふを、ぼろ〴〵になった軟口蓋から發音させながら
彼の着衣の中で洗濯せぬたゞ一つのものである猿股の上で

彼の高貴な鼻をちよつとしわませた
松葉杖のハイネ君は
バイロン卿のマントの裾をふみつけながら不自由な兩手でできるだけ胸を抱くようにして進み出た
「君の情熱は、バイロン卿
先祖傳來の海の上にさまようてゐるのだ
君は　資本家獨裁のための他のとてつもない法案の拘束を可決した後
たゞ一つの彈壓法に散票を投じたことを生涯の誇りとする
君は君の愛するあひる「アヒル」に對すると同じ情熱を××にそゝいだのち
うぬぼれにも君の煽動したと自任する人々が斷頭臺に上らされる頃には
すばやく見切りをつけて引きあげたのぢやないか
君の利害は
君の赤票に、白票を投じた俗物どもと
根本的に一致してゐる

だがね、バイロン卿
アルプスの風やインド洋のモンスーンを君がやたらに横隔膜で呼吸してゐるとき
僕はラインの両岸で下から革命にとりかゝつた
もつとも革命ではアヂテーターの職務で
指導はとてもオルガナイザーの任務ぢやないのだからね
責任の臺帳［台帳］は一應すませておこうや
さうめんどくさいことはできやしないぢやないか」
ハイネ君はてれくささうに少しうつむいてせきこんだ

バイロン卿は監房の暑さで髪粉のねばつくのを氣にしながら聲明［せいめい］した
「僕は子供の時から髑髏杯［どくろはい］で飲むのが好きだつた
館の穴倉の中から堀りだした眞赤な酒を跳めてゐると
その中に

緋色の海賊旗が酒滓の上にたゆとうてゐるのを見た
ハアロウの少年たちは、自由の海賊の歌をうたつた
彼等は踊り
男も女もおかまいなしに抱きあつて酔ひ倒れた
いじけたくせに駄ぼらの多い彼の放論！
ナポレオンに對抗［対抗］して、もつと古典的な生ぶ髯をウエリントン風に染めぬいた頃には
彼らは商船にとびのり　封鎖された大陸を突破して
マラッカまで奴隷と香料を
シリヤまで女を買ひにでかけた
僕が二十四のとき　祖國［祖国］は異様に動亂［動乱］してゐた
勞働者は都市で××を起し　兵士は戰に倦んでゐた
僕は坊やのハロードとなのつて
リラとペンとジヨンブル共通の高利貸の財布と一しよに

擾亂した産業と愛欲の故郷とにさらばを告げて旅立つた
革命のスペインでウエリントンの戰術を論じ
ローマとヘラスのがらくた道具とひきかへにどれだけの商品が輸出できるかを檢討し
ダーダネルスからまつしぐらにウクライナの穀倉をつく策戰を研究した
自由を知らぬものには自由をおつつけ
自由をもつものからは自由を掠奪する！
こんな忙しい旅の間　僕はとき〴〵思つた
奴隷の自由つてやつは、ハアロウ以來何て魅力あるものだらうつてね
そして僕の旅が帝國主義者たちのお先觸となつたにせよ
尚［なお］僕は帝國主義まつたゞなかのリベラリストたちのある型を創りえたことを誇りとしよう」

ハイネ君はやゝ吃りながら後を引きとつた

「僕の伯父には　すばらしい泥棒がゐるんだ
子供の頃、僕はカフスへはめたナポレオンと同様伯父さんをうんと崇拝したものさ
この伯父は
ピストルだまの先つぽ同様のんきなアメリカで
銀行や農場をさんざ荒らしまはつたものさ
僕は伯父さんの肖像を
シルダの影と、少々カソリツクめいた夜の光の複寫との間にちりばめて
一生お尻にくつつけて歩いた
僕の神聖な厨子（づし）の中には
フランクフルトからパリまでの間で、僕のかつて愛した女たちの髪の毛の束と
マルクスの手紙と　シュレジアンの敗北の織衣と
大學をおんでる時にふりまはした劍鞘［けんさや］と一しよに
お伽話のように自由なアメリカの伯父さんがうや〳〵しく占有されてゐたのだ
大陸へ行きやあ、この伯父さんが泥棒でかせぎためたすばらしい遺産があるのだ

がなあ！
――そして、それ以後文士のカフエでも
氣まぐれな追放の汽車の席でも
愛欲と××の空想の中でも
伯父さんはいつも僕の×旗だつた！」

バイロン卿はM・ボタンの外れ目ほど感動して胸をうつて應答［応答］した
「僕の旗は、アトランチイズ越えの海賊船の赤旗だ
多少ナチスめいて黒みがゝつてはゐるがね
この旗を、ロンドン塔で彼の愉快な羊さがしのカドリールの終曲を踊りぬいたユ
ートピアンのムーア卿にさゝげながら
僕のコンラードは東洋へ突進した
彼は囚はれの身になつた時には
適度にやさしい手を血にそめて××の手傳［手伝］までし

そして夜あけ方、葛［つた］のからんだ島々が安全な避難所となるころ
一度のキスを合圖［合図］に
高麗［こうらい］あたりのハレムの行商人が荷物からつぎ〳〵にとりだす海坊主のお化けのように
てきぎに消えてくれる女　冒險からの歸還［帰還］と同時に
ユリシイズを死ぬまで苦しめた平凡の重荷もなしに
てごろに貞潔を守って斃［たお］れてゐてくれる妻
こんな女たちを、われ〳〵は××の名の下にどんなに愛撫したことだらう！
この旗を
僕のマンフレッドはユングフロウの思索の窓に掛けた
祖國をはなれた緩衝帯［かんしょうたい］の陰謀的生活は
第七の天國と同じく
第七の魔女を
カルナボリを消耗［しょうもう］するほどの誇張的昂奮［こちょうてきこうふん］

と
獨身［どくしん］めくほど強烈な浪漫的衣裳とで
のしかゝりながら熱愛したのだ！
この旗を　僕のドンジュアンは
世界を僕のハアロウにする旗じるしとした
僕は脂粉やけのした婆あや、サルタンにすりへらされた美少年に扮装し
ゆう〳〵と舊大陸［旧大陸］を闊歩［かっぽ］した
アテナイの灰壺［はいつぼ］とひきかえにスコットにもらつたこの伊達者の腰の
剣は
現在のサヴェート同盟の箇所にまで歴史的な遁亡［とうぼう］を企てたのだ！」

ハイネ君は
腰のポケットの中で金鎖［金鎖］にからませたもうひとりの銀行家の伯父さんか
らの年金の催促状をちやらちやらさせ

そして酒と時計のない監房を見廻しながら、ふつと息を吹いた
「こゝいらは荒唐無稽［こうとうむけい］な××の香［にお］ひで一ぱいだね
こいつはルードウィッヒ以上に、背骨と乗馬の體操教師［体操教師］を必要とする

こいつはルードウィッヒ以上に、熱心に祖廟［そびょう］に誓ひ、からからな詩と、彼の腐敗した健康にふさわしい女たちと、世子と、いゝ加減に片をつけるためのファッショじるしの爆彈とを愛する
こいつはルードウィッヒ以上に、人民を骨の髄［ずい］までしぼりあげ、×××はてまで×と鍬［くわ］つきで追つ拂［払］ふことが何よりお好きだ
こいつはルードウィッヒ以上に、銀行から牢獄までひつくるめた大きな資本をかゝえて、××の戰士たちを片つぱしから、看守がチロンの監房にすむひとやの中に叩きこむ
もつとも今は何といふご時世だらう
永久にロマン革命の戰士たる僕は

ヒットラーのジュー迫害で伯父さんの年金があてにならなくなつたら
光榮あるフランス政府からおこぼれをもらふことにするつもりだがね
こいつはサヴェート同盟と屈辱協定を結んで、次の新らしい卑怯な陰謀を企てる
機會［きかい］をうかゞはぬ以上、もう資本のはけ口も大ていつまつたさうぢやな
いかね」

僕はあつけらかんとして
とう〳〵サヴェート同盟［ソビエト同盟］を東西から攻撃しはじめた二人を見守
つた

「それでは」と僕は尋ねた
「君らの僕に對［対］する忠告に一口にいへばなんといつてしかるべきだらう？」
ばつと、例の大外套［おおがいとう］を後へはねのけながら
バイロンは言つた――「×獄！　空想とファッショへ！」
おづおづと、例の松葉杖にうづくまりながら
ハイネは言つた――「轉向［転向］！　書齋とカフエへ！」

ちよつとのパントマイムの後
二人は言ひ合はせたように、土佐紙ばりの机と食卓と腰脚兼用の七つ道具の上へ
目をやつた
埃「ほこり」！
一枚の黄色い紙片、母の手紙——失業と
放浪と病氣と老病の愚痴と
そしてほんとの子供のように愛してゐる二十三の自分への信任と
——僕は不愉快げに二人の視線をさへぎつた
「母！」とバイロンは言つた——「あいつは生れながらにおれの片足をへしおつた、
おれは何べんもまるで監獄のように毒薬のもりつこをしたよ」
「母！」とハイネは言つた——「僕はいつもパンと生活との袋口を彼女を通じて
求めた母とはいゝものだねえ！」

イギリス帝國の海賊資本家どもに梅毒をうえつけた母
彼等から詩と商品とをうけついだドイツ帝國の小海賊どもに背椎［せきつい］カリエスをうえつけた母
この二つの血が轉身者［転身者］たちの全身に脈うつてゐた
遺傳は豫期［予期］以上正確に子供たちに影響する！
僕はぢつと目を捉へえぬ彼らの顔を見つめた
お互の目がであつた刹那［せつな］
バイロン卿はてれかくしに剣をたゝいて叫んだ
行こうハイネ君！　エチオピアは景氣がよささうぢやないか
僕らはむかし自由と酒と掠奪するためにヘラスへおしかけた
僕らは叫んだ、自由！
すると水夫らは叫んだ、給料！
僕はインフラ紙幣をペンで書きまくつた
水夫らは暴動を起した

僕はミゾロンギへ上陸し
自分を自由の皇帝と宣言した
おりふしコレラがはやつてきて
僕らのゴールド・ラッシュを暴動者の自由と一しよにたゝきつぶした
パルテノンの廢墟から起つてくる瘴氣に挾撃(はさみうち)されて
僕はチヽアンのように歪んだ寢臺に横たはつてゐた
おせつかいな僕の傳記史家どもは
僕の最後のことばをこう誤り傳［つた］へたものさ
進め！　自由に向つて進め！　つてね
だが僕は正確にはこういつたのだ
――進め！　ものども、つゞけ！
僕のハレムと商品ども！　つて
僕は赤ん坊の時から一しよの寢臺［しんだい］でそだつた姉のオーガスタスを
僕のハレムの先頭においた

そして僕のハーレーの並木に葬つた、全身疱瘡［ほうそう］で斃［たお］れた私生児のアレグラを
僕のハレムの最後においた
僕の荘嚴なハレムには少年の代りに母がゐなかつた
（だがそれはイースター祭に近い地中海の病床での、臨終の空想だつた！）
萬事［ばんじ］終つた！
あの時のミスチコ號［ごう］は
スエズを切りひらゐたあちこちの船幽靈どもに乗りまはされてゐるのだが
ひとつあいつを修繕しようやね
それは提督に僕よりもつと自由の詩に乏しい最後をとげさせたトラファルガーの旗艦を修繕するより
もつと有意義ぢやあるまいか
そしてエチオピヤへのつつけよう！
ハイネ君、君は伯父さんゆづりでエチオピヤ國立銀行の総裁に就任したまへ

僕はアヂス・アベバをのつとつて
エチオピヤ皇帝バイロン第一世と宣布しよう！」
だが、憂鬱［ゆううつ］なハイネは默つてゐた
四八年と五年との考量が三五年の彼の日暦の上にあつた
彼は友人から肩をたゝかれるのを恐れるように
腕を組み、すこしづゝ後じさりしながら
たゞひとこと、つぶやいた
「君のハレムには母はゐなかつたのかねえ！」

このことばと同時に
バイロン卿は慘然［さんぜん］として額をこすつた
ハイネ君の恐れてゐたことがとう〳〵現實にやつてきた
北方の海賊は南方の墓守の肩をたゝゐた

そしてその瞬間
クリスマス・カロルの合圖［あいず］のように
二人はぱつと消えてしまつた

僕は立ち上り
こうしたレヂングの亡靈どもに對［たい］して宣告した
「きみら敗北と屈辱との二つの精靈
高く、英雄への燃焼［ねんしょう］にまで翔［かけ］り去り
低く、自我への屈從にまで陥落し去るものきみらは
自由の歌を愛欲の替臺辭（ヴリエーション）で歌ひ
×××組織を×××ぬ劍をもて遂げようとする
時の潮がどんなにわれらに辛からうと
ほうはいたる勝利の歌を響かしめえぬ聾［ろう］いたる耳殼［じかく］をして廣［ひろ］」らかにうち開らかしめ

死と幽囚の一こま〳〵を
強く――蒼鐵［そうてつ］の大空にまで
われらの精神の鋼條と爽［さわや］かな自負をもて貫かしめよ！」

今夜の食事を――この椀に何度目、何十度目の毒薬が盛られてゐるか！――
運びゆき、運び去るトロッコの音を聞きながら
僕は同志と、母の手紙に並べて
ガリ〴〵のペンで
「不降身、不辱志」と書いた
これは　二つの影がいつか消えてから
死の牢獄が僕らに生をもたらすまでの僕の刻んだ記録だつた

この詩の言葉の解説をします。
バイロン＝ジョージ・ゴードン・バイロンさん。１７８８年１月22日～１８２４

年4月19日（36歳没）。バイロン卿。イギリスの詩人、政治家。代表作、『ドン・ジュアン』、『チャイルド・ハロルドの巡礼』

ハイネ＝クリスティアン・ヨハン・ハインリヒ・ハイネさん。1797年12月13日～1856年2月17日。ドイツの作家、詩人、文芸評論家、エッセイスト、ジャーナリスト。デュッセルドルフのユダヤ人の家庭に生まれる。名門ゲッティンゲン大学卒業、法学士号取得。当初は商人、ついで法律家を目指したが、ボン大学でA・W・シュレーゲルの、ベルリン大学でヘーゲルの教えを受け作家として出発。『歌の本』などの抒情詩を初め、多くの旅行体験をもとにした紀行や文学評論、政治批評を執筆しました。1831年からはパリに移住して多数の芸術家と交流を持ち、若き日のマルクスとも親交がありました。

ちびつけのブハーリン＝ニコライ・イヴァノヴィチ・ブハーリンさん。1888年9月27日～1938年3月15日。ロシアの革命家、ソビエト連邦の政治家。ソビエト連邦共産党有数の理論家としてウラジーミル・レーニンさんに評価され、レーニンさんの死後、ヨシフ・スターリンさんと協力しますが、右派として批判されて失脚、粛清・銃殺されました。

アルマジロ＝哺乳綱異節上目被甲目に属する動物の総称。北アメリカ南部からアルゼンチンにかけて分布しています。全身ないし背面は体毛が変化した鱗状の堅い板（鱗甲板）で覆われています。時には銃弾を跳ね返すほどの硬度も有しています。

ヨサノ・テッカン＝与謝野鉄幹さん。明治～昭和期の詩人、歌人。１８７３年２月26日～１９３５年３月26日。京都府岡崎村生まれ。本名・与謝野寛（よさのひろし）。

パンテオン＝フランスのパリの５区、聖ジュヌヴィエーヴの丘に位置し、幅１１０メートル、奥行き84メートルのギリシア十字の平面に大ドームとコリント式の円柱を持つ新古典主義建築です。18世紀後半に、サント＝ジュヌヴィエーヴ教会として建設され、後にフランスの偉人たちを祀る霊廟となりました。

ルンペン・プロレタリアート＝カール・マルクスが使用した用語で、プロレタリアート（労働者階級）のうち階級意識を持たず、そのため社会的に有用な生産をせず、階級闘争の役に立たず、さらには無階級社会実現の障害となる層を指す呼称。

ロマンチシズム＝ロマン主義は、主として18世紀末から19世紀前半にヨーロッパで、その後にヨーロッパの影響を受けた諸地域で起こった精神運動の一つ。それまでの理性偏重、合理主義などに対し感受性や主観に重きをおいた一連の運動であり、古典主義と対をなす。恋愛賛美、民族意識の高揚、中世への憧憬といった特徴をもち、近代国民国家形成を促進した。その動きは文芸・美術・音楽・演劇など様々な芸術分野におよびました。

クラシシズム＝古典主義は、ヨーロッパでギリシャ・ローマの古典古代を理想と考え、その時代の学芸・文化を模範として仰ぐ傾向のこと。均整・調和などがその理想とされます。

エチオピアの戦争＝エチオピア戦争。１９１２年の欧州列強によるアフリカ植民地化をねらいエチオピア帝国とイタリア王国が数度に渡り行った戦争。

――バイロン・ハイネの熱なきも……＝与謝野鉄幹さん作詞の「人を恋うる歌」の１節。

妻をめとらば才たけて　みめ美わしく情ある
友を選ばば書を読みて　六分の侠気四分の熱

恋の命をたずぬれば　名を惜しむかな男ゆえ
友の情けをたずぬれば　義のあるところ火をも踏む

名もなき旅を行くなかれ　名もなき道も説くなかれ
甲斐なきことをばなげくより　ひたりてうまき酒に泣け

ああわれダンテの奇才なく　バイロンハイネの熱なきも
石を抱きて野にうたう　芭蕉のさびをよろこばず

―夜でも昼でも――　――　――／――牢屋は明い――　――　――／――時々
犬めが――　――――／――窓から尾をふる――　――　――＝ロシア民謡「どん

底の歌」の歌詞の一部。訳詞・小山内薫さん。

1. 夜でも昼でも　牢屋は暗い
いつでもオニめが　あああ
えいやれ　窓からのぞく

2. のぞことままよ　塀は越されぬ
自由にこがれても　あああ
えいやれ　鎖は切れぬ

3. ああこの重たい　鉄の鎖よ
ああ　あのオニめが　あああ
えいやれ　休まぬ見張り

カイゼル＝《皇帝の意で、ローマのカエサルに由来》ドイツ皇帝の称号。日本ではウィルヘルム2世を指すことが多い。

ルパン＝モーリス・ルブランさんの小説に登場する架空の盗賊、アルセーヌ・ルパンさん。

キング・チャールス＝イギリス王室で飼育されていた愛玩犬ですが、ビクトリア王朝時代に興った流行によって誕生しました。

友田恭助＝ともだきょうすけ。東京生まれ。1899年10月から30日〜1937年10月6日。俳優。本名・伴田五郎さん。幼時から芝居好きで中学生の頃，茅ヶ崎の伯母の家に南湖座という小屋を建ててもらい、土方与志らと芝居を演じました。1917年、早稲田大学独文科に入学しましたが中退。新劇協会、師走会（のち、わかもの座）、第2次芸術座などを経て、1925年、築地小劇場に参加、「愛欲」その他ですぐれた演技を示しました。1932年2月・妻・田村秋子さんとともに自費で築地座を創立。プロレタリア演劇の波に抗して、いわゆる劇作派の作家たちを多く世に送り出しました。築地座を母体として文学座を創立するはずのところ、召集令を受けて戦死しました。

シェリー酒＝主にパロミノ種という白ブドウを原料として発酵させ、それに酒精（アルコール）としてブランデーを加えるところに特徴があります。

昂揚＝こうよう。（ある精神や気分が）高まり強くなること。高め強めること。

栗鼠＝リス。ネズミ目（齧歯目）リス科に属する動物の総称。

プロレタリアート＝資本主義社会で、生産手段を持たず、生活のために自分の労働力を売って賃金を得る階級。労働者階級。無産階級。

鵞鳥＝ガチョウ。

マラリア＝ハマダラカが媒介するマラリア原虫の血液内寄生による感染症。

羅紗商＝羅紗（らしゃ）を扱う商人。

横隔膜＝おうかくまく。哺乳類の腹腔と胸腔をさかいとする筋肉性の膜。

こまちゃくれた＝子どもなどが、こざかしいく、ませた言動をする様。

エピゴーネン＝思想・芸術上の追随者・模倣者を軽侮していう語。亜流。

神出鬼没＝鬼神のようにたちまち現れたり隠れたりして、所在が容易には計り知れないこと。

ネッド・ラッド＝ラッダイト運動の名前の由来となった架空の人物。キャプテン・ラッドとの愛称で親しまれました。イングランドのレスター付近にある村の出身とされる。１７７９年に靴下編み機を破壊した行為により、産業の機械化に反対する労働者階級のシンボルあるいはヒーローとして偶像化されました。

軟口蓋＝なんこうがい。口蓋の一部。硬口蓋(こうこうがい)の後部にあり、柔軟で、嚥下(えんか)に際して後鼻孔をふさいで食物が鼻腔に入るのを防ぎます。後端中央に口蓋垂(こうがいすい)、両側に口蓋扁桃(こうがいへんとう)があります。

アヂテーター＝扇動者。

リラ＝モクセイ科の落葉低木。高さ約１メートル内外。５月ごろ、淡紫色で４列した長さ約１センチメートルの花を開き、芳香を放ちます。

掠奪＝むりやり奪い取ること。

リベラリスト＝自由主義者。

厨子＝ずし。仏像・舎利(しゃり)または経巻を安置する仏具。調度・書籍などを載せる置き戸棚。

フランクフルト＝ドイツ西部、ヘッセン州の都市。または、ドイツの最東端、ブランデンブルクのポーランドとの国境に接する都市。

シュレジァン＝シレジア（ヨーロッパ中部の地方）のドイツ語名。

カフェ＝コーヒーその他の飲料を供する店。または、女給が接待して洋酒類を供した飲食店。

ロンドン塔＝ロンドンのテムズ河畔にある城砦（じょうさい）。

カドリール＝18世紀末から19世紀半ばにかけてフランスを中心に流行した社交ダンス。または、アメリカのスクエアダンスの一型。

終曲＝交響曲・奏鳴曲・協奏曲・組曲などの最終樂章。

ユートピアン＝空想家。夢想家。

高麗＝こうらい。９１８年に王建（太祖）が建国。９３６年に朝鮮半島の後三国を統一し、李氏朝鮮が建て１３９２年まで続きました。首都は開京。10世紀の最大版図時に高麗の領土は朝鮮半島の大部分に加えて元山市や鴨緑江までおよびました。

ハレム＝イスラムの王朝の後宮。

ユングフロウ＝処女。

緩衝帯＝緩衝地帯とは、地政学の用語のひとつで、大国や大きな文化の核に挟まれた諸国・地域のこと。このような地帯を挟むことで、対立する国家間の衝突をやわらげる効果が期待できます。このほか、人と野生動物とを隔てる帯状の区域や、世界遺産を保護するための周辺区域などの意味で用いられることもあります。

昂奮＝こうふん。感情が高ぶること。

祖廟＝そびょう。祖先の霊をまつる御霊屋（みたまや）。

ファッショ＝ファシズムの傾向・運動・体制を指して言う言葉。

パントマイム＝台詞（せりふ）を言わず、もっぱら身振りと表情とで演じる演劇。

エチオピア＝アフリカ北東部の国。「シバの女王の国」と称して世界最古の王国とされ、4世紀ころからキリスト教国になりました。１９３６年、イタリアに征服されました。

コレラ＝コレラ菌の経口感染による急性腸管感染症。

ゴールド・ラッシュ＝新しく発見された金産地に多数の人々が殺到すること。また は、金の投機買いに殺到すること。

パルテノン＝アテネのアクロポリス上にある殿堂。

泡瘡＝ほうそう。天然痘。

アレグラ＝速度標語。早いテンポを指示します。

イースター祭＝復活祭。十字架にかけられて死んだイエス・キリストが3日目に 復活したことを記念・記憶する、キリスト教の祭。

クリスマス・カロル＝中世以来の民衆的なクリスマス祝い歌。

「不降身、不辱志」＝身をくずさず、志を辱しめないの意味。槇村浩さんの造語か。

第20章　東京の貴司山治さんの机を占拠して……

貴司山治さんは、槇村浩さんが上京し、突然、貴司山治さん宅にころがりこんだときのことを書いていています（貴司山治さん「私の愛する槇村浩」＝槇村浩祭高知県実行委員会『ダッタン海峡　2・3号合併号』。１９６４年11月）。

……全く口を開くのはその時が始めて、そして黙って私の前にすわって、私の家の二階に十二畳敷位の書斎があるのですが、そこへ私が机をすえて書いていているその前に腰をおろして「私がここで、あのいろいろ今迄［いままで］書いたものをためたものを整理して書きそえるんだ。だからいさせて下さい。机は、今あなたが使っているものをかして下さい。」「いいだろう。」「じゃあのいて下さい。」で私がかたわらにすわると「あなたはそこにいなくてもいいから下へおりて下さい。」と私は追い出されたわけです。でもう変なのが来たから、私は彼の天才を相当認めていた時ですからまあいう通りにした方がいいと思ったんですが家内に遠慮して「まああれはああいう人付きあいの悪い男だけれども」というようなことをいったら、その家内が「よろしゅうございます。あの子はいい子ですよ。」家内も非常に人嫌いな女でしたが、どういうわけか槇村に対していきなりそういうのです。だから何かそういう直感があったんだと思うが、それ以来、その槇村はどんなにやっかいな存在だったかというと飯がくえないんです。牢獄内で強迫され監禁されたその苦しい生活の中で、食道狭窄症とかいう病気になって物が喉を通らない。で衰弱しきっておりました。しかし流動物だけでは、高知から出て来ただけでも倒れる位でもう先が危いから少しずつ固形物を食べないといけないとかいうようなことをいうと「たべられないんですく〳〵」とはっきり断わるんですね。で私もしやくにさわって、「食べられなくなったのは敵のためである。食べられないことを承認することは敵に屈服したことだ。」といったらちょっと弱っちゃってね。「それじゃあ少したべます。」

と食べらしますとやはりすぐはいてしまう。(中略)何時間も炭火の上でだしを出して、鶏の骨を買ってきたりしなけりゃあならんのですが、私の家内は割り合いにそういうことは上手だったのです。で槙村のために鶏のスープを作ってやって味を付けて食べさせる訳です。(中略)それからだいぶしておかゆ位が喉を通るようになったんです。

(中略)私の属していた日本プロレタリア作家同盟などはとっくに解散していました。私はその時残されている方針をいささかでも実践しようとして単独で雑誌を出していました。その雑誌に集まってくる旧メンバーの四、五人のうち、槙村をよく理解できる人、槙村の親しいと思われる人をあつめて、(中略)銀座の三丁目のオリンピックというレストランへ連れていって、そしてやはり槙村にスープをあてがいまたあれを喰ってみろこれを喰ってみろといろいろなものを喰わせたわけです。それは槙村の歓迎会なんですね。そうすると多分自分ではその時調子がいいと思っていろいろ食べたんです。すると疲れてこれ以上そこにすわっておれないというから、私が後からつかまえて外へ連れだして歩こうとしたら、ふりはなすようにして舗道の端の方へ行ってしゃがんだんです。どうしたんかなと思って後からのぞき込んだら、ちょっとふりかえるようにして「僕はきます。」と言うんです。とたんに大きな口を開いた。（中略）それで食べたもの一度にサーとふんすいのように出るのです。（中略）食べた物より余計にはいちゃった。（中略）どうやって連れて帰ったのか、まあ介抱しながら帰って休すませたのです。（中略）

そういうなかで、（中略）二十数遍の詩を書いて、それから「人文宣言」という論文を書いて、「日本詩歌史」という詩の論稿を書いて、一番長い「アジアチッシュ・イデオロギー」というその横には上巻と書いてありましたが、それだけの原稿を仕上げて一部分は確か彼が風呂敷につつんでさげて来たので、多分高知で仕上げたものだと思うが、一カ月二カ月で仕上げたと思うんですが非常に書くのが早い訳です。（中略）この詩の原稿だけは詩集として出版しろ、またその時に「日本ソビエト詩集」という題にしろ、表紙は自分の友人が神戸にいるからその人に画かせ後から送るから定価は安くしろ、ということを私に命令するのです。で論文の方は時期が来たら出してもよろしい。お金はできるだけ早く送ってほしい。そういったいいのこしをして、それからどうするのかと思ったら突然いなくなってしまった。（中略）出ていってしまってから一カ月位したあげくだったたと思いますが［東京の］杉並警察署（中略）から私に呼び出し状が来た。なんだろうといってみますと、（中略）杉並署の特高主任が私に「槙村浩という男が君の家にいたそうだね」という。「いたけれどいなくなって困っていたんだ。」「いや実はあずかっていたんだよ。」「あずかっていたのではなくてそれは監禁してたんだろう。」「そうだ。」「どうしてそういうことをしたんだ。」といったらそれはまあいわない。まあ挙動不審で捕まったと記録の中にありますが、私がその警官から聞いたのは、ある張り込み中の左翼の男の家をたずねていっていて様子が怪しげな男と思ったから留置したというんです。そして数日前に高知に送りかえした。それでその留置場に入って弁当飯屋からとって弁当飯を食べたんだが、それがたまって七円五拾銭になるんだが、それを貴司山治さんという人からもらってくれといって、だから呼び出したというんです。（中略）なぜ槙村がいる間に私の所に知らせてこなかったのか、そうしたら私が槙村の体も受けとるのだったのにそれもしないで金だけ受けとろうというのはよくない、といったら警察は妙に困って、弁当飯屋からその小僧を呼んで、金を払わなかったら首になるというんです。（中略）「どうして君そんな金のない男に弁当飯を食べらしたんだ」といったら、「何となく心をひかれたから食べらしたんだ。」といっていました。私の家内がいい子だと言ったように、（中略）人ずきの悪い吉田豊道ではありましたが引かれるようなものがあったんですね。そして七円五拾銭も損をした。私は腹が立ってかわいそうだったけれども払わなかった。筋が通らんと思ったから。そういうことで、それから高知へ送還される途中で汽車からとびおりて脱走した訳ですね。確か米原がどっかだと思うんです。そして神戸までいって中沢君［中沢啓作さん］の家に訪ねて行った。

（後略）

第21章　東京、大阪、高知……

槇村浩さんは、1936年7月末、不審尋問で検挙され、東京の杉並警察署に1か月留置されます。

ついで、9月、高知への留置の途中に米原駅で脱走。

神戸市在住の竹村和郎さん宅や中沢啓作さん宅に転々と居住。

このときのことを中沢啓作さんは、次のように書いています（中沢啓作さん「在りし日のごとく―槇村浩への回想―」＝『間島パルチザンの歌　槇村浩詩集』1964年10月10日。新日本出版社）。


……一九三六年九月中旬、神戸市灘区城内通の私の家に槇村浩はやってきた。案内してきた竹村和郎から事前に相談をうけていたが、異様なショックをうけざるを得なかった。想像以上にまいっている。黒っぽい背広もくたくたである。眼ばかり光っているようで、体は衰弱し、顔色は土気色である。眼深にナチュラルカールした髪の上にかぶったソフトがわざとらしかった。手を少しすりむいていた。東京から高知に護送の途中逃げた時にうけたといっていた。それも走りかけた汽車の用便中だった窓からとび出して……。そんな気力も今はつかい果たしているのか、疲労と病苦が目立ってみえた。ともかくも休ませなくてはならない。幸い私の母は何もいわない。黙って床をのべたり、とりのスープやかたくり粉をとかしたりしてくれた。槙村は普通食をうけつけない「拘禁性食道狭窄症」になっていたからである。

どうかくまっていこう、いろいろと思案はするが、私として休んでおれなかった。大阪商船神戸支店内海航路の船客係という激務がまっていた。一昼夜交替で、その間汽船の出航と入航の僅「わず」かな時間しか仮睡の出来ない現場係では、どんなに気がかりでも槙村をかまってはおれなかった。私の親友だった竹村の方は兵庫の自動車修理工場につとめていたが、時間をくりあわせて、槙村の相談にのっていた。二日位休息すると、彼はやや元気をとりもどし、ぼつぼつ話をはじめ私にも模様がわかってきた。彼は東京で貴司山治氏の世話になっていて、いろいろと獄中での詩作を文章にのこし、詩集にまとめる計画をもっていた。ところが七月末頃不審訊問をうけ、身柄を拘束、［東京の］杉並署に一ヵ月おかれ、高知に護送されるところだったというのである。自分は病弱で、いつ参るかも知れないので、詩集だけはのこしておきたいと思いつめたまなざしで語った。たしかに詩に憑かれて、そのために生きているとしかうけとれなかった。しかし彼は日本共産青年同盟高知地区委員会のメンバーとして、教育部、ＡＰ（アジ・プロ）部をうけもち、さらにはプロレタリア作家同盟の一員として『戦旗』や『プロレタリア文化』、その他ガリ版刷りのニュースにまで戦闘的な詩をかいていたのである。一九三二年二月の衆議院議員選挙に際しては「労働者は日本共産党を支持せよ」の檄をとばした。つづいて三月高知朝倉四四連隊の上海出兵にも反対して反戦ビラをつくり、市内や兵営に八百枚も撒布している。また自ら軍隊を対象とした『兵士の声』の原稿をかいて多くの兵士にわたした。身を賭してたたかえるだけはたたかったという限界ぎりぎりまでの抵抗をつくしていたと思われた。にもかかわらず外部情勢はますます悪化していた。二・二六事件［１９３６年2月26日、東京で「国家改造」を目指す青年将校が陸軍部隊を率いて反乱、クーデターを試みた事件］のあとをうけて日本のファシズムは公然と帝国主義戦争の準備と中国への侵略体制を確立していた。多くのインテリゲンチャの動揺と転向と挫折はますますはなはだしくなり、島木健作［小説家。本名・朝倉菊雄さん。札幌生まれ。１９０３年～１９４５年］やその他による「転向文学」もひろがっていた。神戸の啄木研究会などという文化サークルにまで特高や憲兵の圧迫はのびていたし、多くの同人雑誌も消失していくのが目に見えていた。

（中略）

ある日、私はつとめからかえって、しずかに二階に上がっていった。夕ぐれ近い部屋のなかで槙村は、押入のふすまに凭［もた］れて、しきりと独言をしていた。誰もいない六畳の部屋に、そして壁にはってある牧歌的なセガンチニー［イタリア生まれの画家。１８５８年～１８９９年。点描法による風景描写にすぐれ、アルプスの画家と呼ばれました」の「アルプスの午後」という複製画の下で……。いかにもおもいつめているらしいので、私はしばらくふすまのすき間からながめていた。まるでそこに誰かがいるかのような独言……「そううつ症」という独房の拷問から生じた彼の病状というよりも、胸に迫るいたましさと、最後の一字までもという詩人のファイトがつたわってくるようであった。（中略）

＊　＊

ある日、雨のふるしずかな休日の午後、私は槇村と二人で部屋にいた。二人ともものは言わず、それぞれが勝手な姿勢で本をよんでいた。私は蔵原惟人訳のゴルキー［ロシアの小説家、劇作家。1868年〜1936年］「私の大学」に目を走らせていた。しばらくそのままにしていたと思うが、どうかしたはずみに槇村の方から声をかけてきた。「君はショーロホフ［ロシアの小説家。1905年〜1984年］の『静かなるドン』をよんだかね」私は首をふった。すると「そうだ、君がゴルキーのすきなところはチェルカッシュのようなロマンチックな気分じゃろう。いくらか空想的にかかれた波止場労働者という風な、ある意味では島木健作の転向もののように、敗北感や、孤立感がつよくするものにひかれるのと、ゴルキーの初期のものがすきなのとは共通なところがあるな。これは現在の政治情勢ときりはなして考えられんが。もっと高く、もっとふかく、ショーロホフの作品にはたしかに作家の眼がある。現象的な事物の底をとおしてつかむことがぼくらには必要だ。どうしてもショーロホフやその他ソビエトの新しいものを勉強しなくちゃ……」土佐なまりも少しはいったこれらの言葉はたしかに胸にささるようであった。二重まぶたの印象的なひとみが私のなかにある小市民性を見ぬいているかのようでもあったが、彼があくまでも叙事詩の作家である一面をかたってもいた。（中略）さらに私にとって忘れ得ない言葉が、今も私の耳にのこっている。「もしも政治家に転向ということがあり得たとしても、（勿論［もちろん］共産主義者にはゆるされないことだが）詩人にはゆるされないし、あり得ることではない。なぜなら詩人の転向はそのまま詩人の死を意味する」……。秋雨が白く窓をたたいていた、しずかな午後であった。彼ののこした言葉はなかなかにきえなかった。あの日の雨だれのひそやかな音のように、この日以後心の中にふかくきざまれて……。「樹静かならんと欲すれど風やまず」という言葉の文字どおりのこった。まるでかたい約束事をしたように、何十年経過しようとも、私という一本の樹にふきつけた詩人槙村の言葉は風のように私の心をゆする。いかに自ら止らんとしても……。たたかう彼の詩句はまるで不滅である。私は若干作ってた港湾を歌った詩のノートを彼に見せて感想をもらった。

＊　＊

徐々にではあったが、槙村のことは神戸の文化サークルやマルクス主義研究会のグループの人につたわって行った。会う人ごとに反響をよびおこした。ある人はかつて私に言ったことがある。君は間島パルチザンの詩をつくった槙村浩という朝鮮の詩人を知っているかと。私はおどろいて、いやそれは日本人で私と同郷の詩人ですと半ば誇らしく答えたものである。しかしその人はいかにも軽蔑［けいべつ］したように、そんなことはない。あの詩が日本の、しかも高知のような地方にいてつくれるものではないと反駁［はんばく］、全く信用しようとはしない。私はその人の蒙［もう］をひらく時がきたことを知った。この本人をつれていくことである。勝負は簡単についた。この共産主義運動のかくれたシンパであり、同時に朝鮮や中国の美術を愛していた文化人にも、その日以後詩人槙村浩の雄大な詩の調べは、風となって吹いてやまなかった。ある文学サークルの会合の果てた時、当時神戸で文学評論をかいている久永貫人（月ノ輪古墳の発掘に組織者として参加、現在考古学の研究者）であったと思われるが、こんなことを言った。

「君たちがつれてきた槙村浩はすばらしい人間である。彼の『アジアチッシュ・イデオロギー』という論文の構想も全く独創的ですぐれている。彼は歴史家でもあり、詩人でもある。しかし型の出来ていない未完の大器で、凡庸［ぼんよう］な学者とはちがう、君たちは何んとしても彼を守り大切にしなくてはならない。高知へ返すなんておもいもよらないことだ。よし彼が帰りたがっても、くいとめないといけない。あの状態では殺してしまうようなものだ」

私も竹村も同意見であった。そこで槙村を神戸附近の田園地帯にかくまうよう竹村は依頼した。

竹村は当時阪神間の多くの進歩的な労働者や文化人に連絡をもっていた。しかし槙村と我々との別離は徐々に近づきつつあった。彼は帰郷を期しているようであった。そんなある日、私と竹村と槇村は六甲口の附近を歩いていた。秋風がたそがれの町を吹きぬけていた。青い六甲の山脈が、しずかな夕照にほのかにそまってみえた。訪ねる人の住宅はなかなか見あたらない。私たちはあきらめようとした。しかし槇村はどうしても帰ろうと言わない。ひょいと住宅の垣根にしがみついたとおもうと、うすやみにその家の標札をすかしてみた。そんな動作を何回かくりかえしとうとう見つけた。画家K氏の家である。ひそやかな電灯の下で、槇村は「日本ソビエト詩集」の装釘［そうてい］のことを説明していた。東京の貴司山治宅にのこしてきた詩作品をまとめて出版するため、その表紙をかいてほしいというのである。果たしてこの詩集は出るのだろうか、私はこんなときひょいとあらわれてくる詩人槇村の少年のような初々しいまなざしの美しさを沁々［しみじみ］と感じながらも、暗澹［あんたん］たるおもいにつつまれて行った。私たちにのしかかってくる重圧のその重苦しさをかみしめながら……。いつの日に槇村の詩集が日本人のみんなのものになるのかと。

＊　＊

私たちの説得はやはり失敗をした。槇村は意外にまで帰郷の心をまげなかった。しかもその理由は、唯一人待つ母の許へ一度は帰りたいというのである。そこには官憲の手がまっているとしても、彼が逃亡までした詩集の表紙がK氏によってつくられ東京におくられた今になっては、ひたすら彼を待つ母にあいたいというのである。新しい運動をおこすとしてもそれは次の段階であり、今はともかくも高知へ帰ることを決意していた。私たちは母という存在について改めて考えさせられた。槇村と母の野村丑恵（ママ）は単に母子というのみではない。もっとふかい思想のつながりで結ばれていたと思われた。槇村は自分の母のことを実によき母といっている。槇村は幼時、母に質問した。「分配とはなんぞね」すると母は「他人に多くをあたえ、自分は少しとることぞね」として教えている。（中略）

＊　＊

とうとう最後のときがやってきた。私たち三人が別れる日である。（中略）

私と竹村は槇村のためにせめてもの配慮をした。母にあうまでは槇村を安全にしておかなくてはならない。そのためには乗船する時が大切であった。目立たない時間に、あるいは監視がゆるむ瞬間にのせること。幸い私が船客係をしていたので、この間の事情はわかった。下船よりも乗船に官憲は眼をひからせているのである。（中略）槙村と見送りの竹村は一時間も早くやってきた。一船の船客と交わりつつ、晩秋のたそがれていく神戸港の水面をながめていた。かもめや鳶［トビ］が汽船のマストや、川崎造船所のガントリグレンの上を無数にとんでいた。私は非番の日であったので二人と共に船客待合所に腰をおろしつつ、この波止場におこっている日常の事件を話した。先日この近くにあった海員組合のおこなった生活権擁護の波止場デモでは、多くの船員や家族がスクラムをくんで海岸通りを蛇行デモをした。社民系の幹部の指導ではあったが大ぜいのやじ馬や警官の頭の上でゆれた赤い組合旗が何かをうったえているごとく印象的であったことや、沿岸貨物船でおこった自然発生的なサボタージュでは、船員たちが黙って甲板にねころんだまま出帆を拒否したことなど、こうした民衆の抵抗にかかわらず戦争の危機はますます拡大しつつあることなど、語ることはつきなかった。しかし乗船をまっていた突堤の群集のなかから一際高く万歳の声がおこり、軍歌が夕やみにつつまれていく波間をわたって行ったとき、私たちは急に沈黙した。何かすべてが空しいような気持に私はなった。しばらく沈黙ののち、私は言った。土佐なまりで「どうもいかんきにね」（既に二年前中国ソヴェートの瑞金は陥落していた。中国紅軍は奥地へ大移動をおこしていた。しかし英雄的な、苦難にみちた移動のなかで、何万という多くの人が倒れて行ったと商業新聞は報道していた。奥地の大草原地帯で大半は消滅したとか、既に胸をやんでいた毛沢東［中国の政治家・思想家。１８９３年～１９７６年］は担架にかつがれて移動していたが、ついに死亡したというニュースが『週間（ママ）朝日』の時事解説にのせられ、ならんで長沙の蜂起を弾圧した国民党軍の「英雄」可建のチョビ髭の写真も紹介されている。中国紅軍もついに潰滅的な状態のなかで後退したのではないか）云々［うんぬん］。重苦しい気持が互いの間を流れた。しかし槙村は大きく息をのんで唇をなめると、しずかに語り出した。（中国の紅軍は不敗である。彼らは弁証法的な戦術をもっている。従って個々の戦闘で判断は出来ない。まして今度の転換は戦略的には正しい行動だとおもわれる。朝鮮の間島パルチザンと同様、中国紅軍も、現在の瞬間日本帝国主義こそ主要な敵と考えているだろう。一人の毛沢東はあるいは死んだかも知れない。しかし他の百人の毛沢東が指導している筈［はず］だ。帝国主義という打撃目標は決してかわらない。敵が進めば退き、敵が退けば前進する。共産党に指導される広範な民衆のゲリラ戦は不敗であり、不滅である。ぼくらはぼくらのなかにある敗北主義を克服しなければならない。そしてこれらの「東洋人民革命」の英雄的な闘いを信じなければならない。）語りおえると槇村は確信にみちた二重まぶたの特色あるまなざしで私たちを見つめた。その日のためにがんばれ、生きぬけと教えてくれているようであった。まるで地球儀を指示しつつ私たちをさとす一個の教師だった。詩人らしいドグマ［独断］を感じることもなくはなかったが、この時の彼はきわめて説得性をもっていた。彼は言う、敗北主義は天皇制が打倒不能と思うところからおこっている。君たちは天皇制という鉄の扉の前に舞う木の葉のように自分たちを卑下して考えることはあやまりだ。天皇制はいつか人民の手で崩壊する。例えば朝鮮と満州が解放される時、日本帝国主義は必ず敗退する。その時期こそ「東洋人民革命」の瞬間なのだ。言葉は一言一言胸にしみとおるようだった。別離の時がおしまれてきた。私は一瞬「間島パルチザンの歌」のなかで「おれたちはいくたび敗けはした、銃剣と馬蹄はおれたちを蹴散らしもした、だが、密林にひそんだ十人は百人となって現われなんだか！　十里退却したおれたちは、今度は二十里の前進をせなんだか！」と槙村が歌っていた人民の闘いの不滅性をその瞬間見せてもらったように思った。いよいよ別れる時である。きたない風呂敷包み一つひっかかえた槙村はあっさりと軽い握手をした。汽船のドラがなってきた。ソフトに手にかけて「ホンナラ元気で」かすかに微笑んでみせると召集兵見送りの万歳や歓呼のどよめきにまぎれさっと身をひるがえして消えて行った。

（後略）

第22章　人民戦線事件で検挙され、留置

高知へ帰った槇村浩さんは、フランス文学者・上田秋夫（うえたあきお）さん（高知県土佐郡森村相川一四〈土佐町〉生まれ。１８９０年1月28日～１９９５年3月22日。高知県立第一中学校〈後の高知県立高知追手前高等学校〉卒業）、片岡薫さんなどと文芸雑誌『鉱脈』を発行。

これに、日本プロレタリア作家同盟高知支部のメンバーも協力しました。

しかし、発行と同時に弾圧されて没収されます。

大谷従二さん（ペンネーム・工屋戦二さん。島根の出雲神社のある町の生まれ。島根県立大社中学校卒業）が、槇村浩の会『ダッタン海峡　第8号』（１９３２年6月1日発行）に、槇村浩さんとの文通の様子を書いています。

槇村浩さんは、1935年8月末から同年11月まで、2歳半ほど年下の大谷従二さんと文通します。

槇村浩さんは大谷従二さんに「貴兄の詩ほどプロレタリアートの積極性を欠きながら、絶対に退却せぬ新鮮を表現しているもののないことを痛切に感じました。」、「［詩才については］現在の森山［啓］、上野［壮夫］氏を百合せたよりもいい才能をもっていられるあなた」と書き送っています。

大谷従二さんは、1935年11月29日付の槇村浩さんからの手紙を貰ったまま、2人の音信は絶えます。

翌36年2月、大谷従二さんは、詩集『夜の色』を出版し贈ったが便りがなかったといっています。

槇村浩さんは高知で母・丑恵さんの手厚い看護を受けていましたが、1936年12月5日、人民戦線事件で検挙され、高知警察署に留置されます。

久保藤子さん（ペンネームか）と、その夫も、この事件で逮捕されています。

高知県教員組合婦人部編『八月十五日――女性の戦時体験記――』（1960年）

の「歯車」という記事で久保藤子さんが、そのことを書いています。

「トントントン」

とはげしく表戸をたゝく音に、私たちは、顔を見合わせた。まだ窓の外は暗い。何事だろうと、夫はいそいで上着をきて表戸をあけた。とたんに、ガチャリと手錠がかゝる。どやどやとふみこんでくる私服の一隊。家の中は、嵐が吹き通ったように、メチャクチャである。押入れから、タンスの中まで、ひっかきまわされ、天井を探し、無関係のものまで押収される。令状もなにもあったものではない。検束の名のもとに、問答無用の留置場入りだ。

昭和十一年［1936年］十二月四日、高知県警総動員の人民戦線検挙の一コマである。以後十五年［1940年］十二月まで夫は帰ることができなかった。

その日、友人の家を廻ってみると、根こそぎ検挙せられていた。そしてその検挙は、何のこともない消費組合の内部にまで及んでいることを知った時、これはたゞごとではない、何かあるなと思いはしたものゝ、その深い意図をはかりかねた。

その人々は、早くて半年、長いものは一年、検束だけで留置せられた。新聞は、掲載禁止をくって、一切書けない。（中略）

翌昭和十二年［１９３７年］、日支事変［七月七日の盧溝橋事件を契機にした日本の全面的な中国侵略戦争］が起ったのである。そのうち私も取調べに呼び出されるようになった。出頭するなり、

「おんしも引張るがじゃったけんど、子供はおるし、留置場で子供を産まれても困るきにつれてこんだけじゃ。何ぞあったら、すぐぶちこむから、そのつもりでおれよ。えゝか」

である。その時私は、満三才の子供がおり、妊娠七ケ月の身重であった。

「一体何事ですか、何にも具体的なことも挙げずにおいて。」

「おんしゃあ、だいぶ認識不足ぞ、おんしらみたいな非国民は、片っぱしからかたずける時がきちゅうき、そのつもりでおれ」

取り調べが進むにつれてわかったことは、たわいもないことであった。鏡川辺を友達と散歩したことが屋外集会となっていたり、友達の種崎の別荘に、子供をつれ

て海水浴に行ったことが、重大な種崎会議になっていたりした。あきれて、怒るよりは、むしろおかしくさえあった。特高が、承知の上で、デッチ上げたものとしか考えられなかった。

「わたしは、その会議なるものに、全部出席しているが、それはたゞの遊びで、何の会議もしていない。そんなデッチ上げで、人を別荘［ここでは留置所のことでしょうか］へほおりこむつもりかね」

「生意気いうな、おんしらが、二人以上集まったら会議ということになっちょる。」

（中略）

床に倒れたまゝ動けなくなった私の頭を、靴でけりながら

「おらあ、おんしを殺しても罪にはならん。おんしが、こゝで死んだら窓から外へほおり出す。そして取調中飛降り自殺をしたことにすれば、それまでじゃ。死ね、死ね、おまえみたような奴はたゝき殺してやる。」

第23章　土佐脳病院に入院、そして……

1937年1月16日、槇村浩さんは重病のため釈放。

母・丑恵さんが日本赤十字社高知県支部療院で勤務していたためと官憲の監視きびしく、高知市新本町の土佐脳病院に入院させます。

1938年9月3日、土佐脳病院で死去。満26歳。

母・丑恵さん、親戚の田内亀さんが遺体を引き取り、高知郊外の蛭ケ谷に葬りました。

島崎鋭次郎さんは槇村浩の会『ダッタン海峡　第7号』（1983年5月25日）の「槇村浩生誕70周年記念の集い　『槇村浩（吉田豊道）と同時代を語る』」で、
1938年9月の高知新聞の紙面の下の方に3行か4行で「かつての神童吉田豊道

獄死す」という記事が出ていたといいます。

第24章　槙村浩さんの後を継ぐ人たち

「戦前の旧共産主義青年同盟七名の確認事項　一九六八年一月十三日」という文書があります。１９２９年から１９３４年までの高知県の共産主義青年同盟と、その周辺の運動について当時、運動に参加した7人がまとめたものです（平和資料館・草の家『ダッタン海峡　第10号』。２０１４年11月11日)。

そこに、つぎのようなことが書いてあります。

プロレタリア映画同盟では、高知映研の協力で、プレキノ映画の作品を昭和六年［一九三一年］春、高知座で上映、つづいて林延造の世話で高岡町、岡崎兄弟［岡崎精郎・和郎］の世話で吾南地区を巡回上映した。

プロレタリア映画同盟は、日本プロレタリア映画同盟（1929年〜1934年）のことです。

「帝国主義戦争絶対反対の件」

岡崎精郎さん、和郎さんというのはどういう人だろうと探したら何冊も関連の本が出ていました。

そうした本の中に1932年7月26日、高知県高岡町の昭和館で開かれた全国農民組合高知県連合会結成大会のことが出ていました。

岡崎精郎さんは執行委員長に、岡崎和郎さんは執行委員に選出されました。

その大会で議決された議案を見てビックリしました。

「帝国主義戦争絶対反対の件」があったからです。

岡崎精郎さんのことを研究している方に、その大会の議案書のコピーをいただきました。
「帝国主義戦争絶対反対の件」の議案はこうです。

〈主文　我々は無産階級の立場より戦争は資本主義地主の血の祭壇にプロレタリアを供せんとするものであり即ち、人道と正ギと平和に対する組織的な×××であるとなしその悲惨に対して絶対反対するものである。

理由　一千万人のプロレタリアの死と三千億円の血税をギセイ（………）にした第一次世界帝国主ギ戦争の結果は救ふ可からざる現在の世界恐慌を招来した。然（しか）してこの最上の悲惨が今また東洋を中心に××されて居る。更（さら）にこの××に対してさきに動員された仁西及秋山の兄弟に対しては立入禁止、動産の差押へが強襲し銃後の家族して××に××めている。我々はかゝる××に××××である。〉

岡崎精郎さんたちが住んでいた高知市春野町を歩きました。
高知県退職婦人教職員連絡会の役員の岡崎かをりさん宅には岡崎精郎さんの描い

た絵が飾られていました。

近くには「岡崎精郎先生之生誕地」の碑があり、少し行った所の種間寺には「岡崎精郎先生之碑」がありました。

警察で死亡した筒井泉吉さんのこと

治安維持法違反容疑で逮捕され、警察で死亡した高知県の筒井泉吉さんのことを治安維持法国家賠償要求同盟高知県本部、平和資料館・草の家のメンバーが調べています。

筒井泉吉さんは、1914年1月1日、安芸郡和食村（わじきむら）（いまの芸西村）に生まれました。父・甚吉さん、母・左馬尾さんの長男。

三歳のとき、家族とともに中村町（いまの四万十市）に移りました。

1928年、中村高等小学校を卒業しました。

中村電気会社（伊予鉄道の下請け）に1年ほど勤めました。

その後、一時、大阪に出ていましたが、再び中村町に帰って野村自動車（のちの高知県交通）の木材扱店で切符売りをしながら、日本労働組合全国評議会、日本共産青年同盟の活動に入りました。

一口一円の出資で消費者組合をつくり、生活必需品を共同購入して安く購買するなど貧しい人たちの生活改善につとめました。

1932年、国見主殿さん、善弘さん兄弟、浜田初広さんらと日本プロレタリア作家同盟高知支部幡多地区を組織し、機関誌『百姓』（改題『驀進（ばくしん）』）に参加しました。筒井泉吉さんは、1933年の『驀進』第2巻第3号4・5月合併号に「木原よ！」という詩を掲載しています。

木原よ！

筒　井　泉　吉

今　牢獄の中に

冬を向へたであらう木原よ！
お前が春四月俺達の前から姿を消して早半年!!
牢獄の中に春を送り夏を送り
冬を迎えた俺達の木原よ！
信頼していた弘田も土居も去って
卑怯者の敗北の歌を唱う時
お前は、いつも俺達をむちうつ！
大きな暖かい岩のような手!!
お前の手
白いやはらかい女のやうな手もある
ここにはっきりと俺達は事実を見る。
木原よ！
お前の思い出は決して俺達を不幸にはしない。
木原よ！

俺達は今別れてゐる。
しゃばと牢獄に
一方は支部再建の使命を帯びて
そして木原！　お前は牢獄に！
木原よ！
お前への復讐は着々と進んでゐるぞ
俺達が手をつけることが出来なかった
N工場とA工場とT工場には
分会が作られ、勇敢に立上る！
木原よ！
お前が信頼しきっていた奴等は
皆蒼白い手の持主！　弁のうまい奴！
この野郎達は卑怯者、敗北の歌を唱ひ
〝俺は恐ろしくなった〟

〝俺は君達の夢には満足できない〟
と泣く泣く言ひながら
蒼白い口にカンキのぬけた
卑怯者の歌を唱ふ！
卑怯者には卑怯者の道を歩かしちゃれ！
こんな奴等は、えゝい！
死んぢまへ！
木原よ！
安心せよ！　俺達は岩のやうな手!!
こいつが、この手がうなる時
そこに明日の勝利がある。
自由の世界と白い手がゐった。
俺達のしゃばは不自由な世界
まだ、退く事を知らず

進むことだけしか知らない世界！
木原よ！
俺達は立上る！
思ひ起こす。喧嘩と女の話しか知らなかった
俺達に、本当の世界を教へてくれた——
お前木原よ！
俺達は憤りとにくしみに
心ふるわせながら、勝利と希望にもえ
お前の進んだ道を
まっしぐらに
唯まっしぐらに、ぐんぐん歩く。
冬の牢獄！　そこはひやい地獄！
木原よ！
身をそぎとる地獄！

そこには俺達の為に斗ひ
斗ひの途なかばにしてたほれた
お前がゐる！
木原よ！
俺達はお前へのしかえしの為に働く者
お前の敵打とは
ソヴェート××の建設だ！
その手はじめは
全×支部再建の重大な使命
N工場に俺達の指導のもとに
立上った三百の岩の手！
兄弟達！
勝利の叫びを心いれて聞け！
そこにはお前への復讐の×がある。

俺達の勝利がある。
木原よ！
なつかしいお前よ！
俺達は美しい事の言へない
感情むきだしの岩の手！
木原よ！
早く出て来い！
その時勝利は近づいてゐる。
俺達のために斗ってくれた男よ！
死ぬな！
元気で出て来い！
俺達は今、お前への健康を祈り
万才の声を上げる。
木原よ！

元気で、死ぬるな!
しゃばは、俺達は
勝利の道を一歩一歩強く進んでいるぞ!

一九三二・四・二一事件でやられた木原にささげる

筒井泉吉さんが中村にいたころの1932年2月、第四十四連隊に動員令が下り、中国の上海に向かうことになりました。このとき、日本共産青年同盟高知地区委員会は、同連隊などに反戦ビラ(日本共産青年同盟高知地区委員会の署名入り)を配布しました。このビラまきで関係者多数が、治安維持法違反に問われ、逮捕、拘留され、裁判を経て高知刑務所につながれました。

高知市の活動家のほとんどは獄につながれました。

運動の「再建」がはじまりました。

1933年5月、日本共産青年同盟高知市委員会が結成されました。

中村から引っ越してきた筒井泉吉さんも参加しました。

1933年7月7日、筒井泉吉さんらが、日本共産青年同盟、日本プロレタリア作家同盟再建グループとして治安維持法事件で検挙されます。

1933年7月9日付の高知の土陽新聞に「県下共産党第四次検挙」の記事が載りました。

……市内江ノ口のアジト下田徳幸方に、特高課の命をうけた、中野刑事がはりこんでいると、首脳分子の筒井泉吉がそれとも知らずに入ってきたのを検挙。

この記事には29人逮捕とあります。

幡多地区では、10数人の検挙者を出し、京都帝国大学細胞長だった橘清さん、妹・みつえさん、看護婦の上岡寿枝さん、国見主殿さん、同・善弘さん、浜田初広さん、島津卯四郎さん、松村静数さん、古味峰次郎さん、仙頭清五郎さん、田村乙彦さんらが逮捕されました。

筒井泉吉さんは、活動中に検挙され、9月19日、高知市の水上署で拷問を受けました。警察は意識のない彼を刑務所の既決房へ運びましたが、翌日、9月20日の朝、亡くなりました。21歳でした。

水上署の監房の壁に筒井泉吉さんの血書「灯(ともしび)をつぐもの」が残されていました。

筒井泉吉さんの実家は、いまの四万十市中村の山手通り一二番地にあったといいます。

裏山の墓地には筒井泉吉さんの墓がありましたが、くり石が並べられただけで墓標もありませんでした。

1976年7月、国民救援会と解放運動旧友会、筒井泉吉墓碑建設幡多地区委員会が、高知県四万十市に筒井泉吉さんの墓を建立しました。

赤鉄橋の近くの須賀神社と法然寺の間の山を登っていくと中腹の左側にありました。

〈筒井泉吉こゝに眠る〉

〈一九一四年一月一日生　共青　全協

プロレタリア作家同盟の活動に

従事　一九三三年九月一九日　時の権力により虐殺される。行年二〇歳
志を継ぐもの之を建つ〉

第十一師団機動演習に抗議した黒原善太郎さん

治安維持法違反容疑で逮捕され、１９３３年10月5日、25歳で死亡した高知県高岡郡久礼町（今は高岡郡中土佐町久礼）出身の黒原善太郎さんのことを調べています。

陸軍歩兵第四十四連隊は、青年たちによる出兵反対の運動のさなか、１９３２年2月、3月と中国の上海に出兵しました。ときの権力は、出兵に反対した人たちを治安維持法違反容疑で捕らえ、留置し、投獄するなどの弾圧を加えました。しかし、高知では、その後も反戦運動が続きました。傘づくり職人をしていた黒原さんたちが、同年10月31日～11月12日の高知県での陸軍第十一師団機動演習に抗議する行動

を起こしたのです（第四十四連隊も第十一師団の隷下（れいか）です）。

土陽新聞の同年11月8日付2面に「不穏ビラの犯人逮捕さる　左翼分子の仕業」という見出しの記事が載りました。

八日より開始される第十一師団演習に左翼不穏分子が種々策動せんとしてゐるのを探知した高知署では未検挙要視察人の行動を看視し事を未然に防止せんとしてゐたが東西両郡において旅団演習施行中の五日早朝市内天満橋、梅ノ辻、五丁目、下知電車停留場、堀詰西交叉点等に師団演習絶対〇〇、失業者〇〇せよ、思ひおこせ労農兵士〇〇〇等の不穏文字をプリントせるアヂ、ビラを貼布せる者あるを発見し直にビラをはぎ取ったが高知署では未検挙の〇〇及び〇〇の仕業と目星をつけ両名の所在捜査につとめた結果六日夜市内某方面に潜伏中を逮捕し水上署に拘留の上大黒警部補出張の上取調中であるが他に関係者が二、三ある模様である。

「未検挙の〇〇」の1人が黒原さんでした（〇〇は原文のまま）。

その後、逮捕され警察署に留置中に亡くなります。

戦後、黒原善太郎さんの死について調べた旧友の堀見俊吉さんは、1971年7月9日付で記した旧友の信清悠久さんへの手紙の中で、黒原善太郎さんの本籍を探し、戸籍謄本をとったら昭和8年（1933年）10月5日午前8時6分、長岡郡大篠村（いまは南国市）の大篠警察署にて死亡となっていましたと書いています。

1971年5月14日付で堀見俊吉さんが高知市の旧友・岡林亀さんに宛てた手紙に、次のようなことが書いてあります。

1971年5月2日には、黒原さんと一緒に師団演習反対のビラを配布した仙頭清五郎さんと久礼にゆき、故黒原善太郎君のお墓にお詣りしました。墓所は久礼より約2キロ須崎よりの新国道の傍にあります。妹さんの黒原菊枝さんの案内でしたので、わかりましたが、墓標代りの石ころ2つで、私たちだけでしたら、とてもさがせなかったと思います。

その後、旧友たちが立派な墓碑を建てました。

第25章　間島に渡っていた「間島パルチザンの歌」

ところで、槇村浩さんの「間島パルチザンの歌」は、間島でも読まれていたといいます。

いま韓国に住む作家・戸田郁子（いくこ）さんが、2009年11月23日、24日、槇村浩さんのことを調査するために、高知市の平和資料館・草の家を訪れた時、彼女は2009年、中国延辺大学歴史学部教授だった朴昌昱さんから、「間島パルチザンの歌」にまつわる話を聞いたことを私たちに教えてくれました。

それは間島が日本の朝鮮総督府の管轄下にあった1935年ころのことです。朴昌昱さんは、間島の朝陽川にある朝鮮人の子弟のための橋東小学校に通っていましたが、日本史担当の李先生が教室で「日本にもこの戦争に反対している人がいる。

日本帝国主義と日本人民は分けて考えよ」と諭していたのを覚えていました。

戸田郁子さんの訪問をきっかけに平和資料館・草の家は「槇村浩生誕百年『間島』を訪ねる旅」を計画、２０１２年９月に７日間、彼女の案内で「間島」を訪問しました（私も参加）。

そのとき、延辺大学で、かつて延辺大学の教員だった91歳の李成徽先生（１９１１年生まれ）の「槇村浩の詩　間島パルチザンの歌を日本語の教材とした始末記」という講演を聞きました。

次のような内容でした。

１９６４年ころ、学生に日本語を教えていました。そのとき、日本のプロレタリア詩人・槇村浩の詩「間島パルチザンの歌」を教材に使用しました。

当時、延辺大学では、日本語を専門的に学ぶ学科はなく、外国語の共通科目として日本語学科が設置されました。日本語を教える数年の間、思いついたことが一つありました。それは、日本語は日本人から学ばなければならないということです。

そのようななかで、日本人が書いた適当な文章を探すようになりました。

そのとき、延辺大学の図書館で偶然に「間島パルチザンの歌」を発見しました。印刷本でなく、古ぼけたプリント本でした。

その詩を読んで、非常な感銘を受けました。思想的に強く、芸術的に優れた、うまい詩でした。実に、その表現のはつらつさに驚きました。この詩なら教材にしても問題はないと判断し、採用し取り扱ったのです。

当時、中国と日本は、国家体制が相違していましたから、文化交流の問題について慎重にはからなければならなかったのです。

でも、これならば問題ないと判断し、思い切って教材として使いました。

その理由は二つありました。

「間島パルチザンの歌」には、明確な主題がある。この反帝・反戦思想は国際主義を基礎にしていると思いました。この国際主義の基礎がなければ、反帝・反戦の思想はありえないと思います。これは、中国人民どうしのつながりを表していると思いました。私が、この詩を高く評価する第一の基礎です。

第二は、この作品の芸術性です。作者は、この作品で驚異的なはつらつとした詩的表現をなしとげています。外国人であるが、まるで朝鮮民族がみずからの民族の亡国のいたみを表現していることです。朝鮮民族独立万歳は当然のこと、朝鮮のチゲ（背負子）を負って山路をめぐる農民の姿、白頭の谷から聞こえてくるキジの鳴き声など、目に見えるように耳に聞こえるように表現しているからです。これらのことが、私が、この作品を教材として取り扱った第二の理由です。

「間島パルチザンの歌」のような立派な作品を残した槇村浩様、ありがとうございました。

李成徽先生の感動には背景がありました。

先生の親族３人が、１９３０年から１９３２年の間に間島で日本人、日本の警官に殺されているのです。

長男であった父のすぐ下の弟は共産党の活動家でしたが日本軍との闘争でなくなりました。

３番目の叔父は、共青団で活動していて逮捕され、日本の警察に後から撃たれて死にました。

第26章　戦後に槇村浩さんが再評価されて

戦後、彼の詩と行動が再評価されました。
日本共産党高知県委員長だった小路貞次郎さんが自著『すこし昔のこと』（2000年5月14日。久保印刷）で、こんなことを書いています。

昭和三十八年［1963年］初めの［日本共産党］中央委員会総会の際、当時の幹部会員蔵原惟人さんから、「相談したいことがあるから私の部屋にきてほしい」と呼び出されました。行ってみると「君は槇村浩という詩人を知っているか！」とのこと。私はまったく初耳でした。そこで蔵原さんは私に、槇村浩の生涯とその詩活動について簡単に話してくれた後、「この槇村浩の詩を公表し、同時に顕彰運動もやりたいのだが、肝心の作品が貴司山治さんの手元に秘蔵されており、どうしても発表に同意してくれないし、コピーさえさしてくれなくて困っている。高知県の君から相談したら応えてくれるかもしれないので、次期中央委員会総会の機会にでも、文化部の同志とともに挨拶に行ってくれないか」とのことでした。

もちろん、私はこのことを引き受けて高知県に帰り、早速、古い同志たちに相談したところ、岡本正光、林延造、富永三雄その他多くの同志たちから詳しく貴重な話を聞くことになりました。また、私の妻の母親からも、神童、吉田豊道ということで子供のときのことなども聞かしてもらいました。

私は、次期中央委員会総会のとき、文化部の中沢啓作さんに案内されて「東京都の」吉祥寺の貴司さん宅を訪ね、中沢さんはその夜辞去したのですが、私は、かつて槙村浩が寝泊まりしていたという部屋で一泊さしてもらい、貴司さんから彼について詳しい話を聞かせてもらいました。

警察の追及をかわしながら着のみ着のままで、ただ原稿だけを大切にかかえて貴司さんの家にもぐり込んできたときのこと。そして勝手にもぐり込んでおきながら、一向気兼ねすることなく居候を続け、そのうえ、党のことや詩活動については先輩である貴司さんにも遠慮なく意見をだし批判さえしたと言う。しかし貴司さんは、このような気性や純潔さがひどく気にいり、長い間かくまい、彼の詩活動についても随分援助してくれたそうです。また彼が官憲に逮捕された時のいきさつなどについても話してくれたのですが、なお印象深かったのは、貴司さんがあの東京大空襲［1945年3月10日、アメリカ軍のB29爆撃機344機による東京への夜間の焼夷弾(しょういだん)爆撃］のなかで、槙村が残した原稿を命がけで守り通してくれたことでした。

なお貴司さんはこうも言いました。

「槙村浩の詩を守るということよりも、槙村との約束を守り通すということ。しかも、このことは槙村と話し合った〝階級闘争の不屈の闘い〟と心に刻みながら頑張った」。

そして最後に、

「君と話していると、君の若さや表情のなかにも、かつての槙村と話し合ったときの感じがよみがえってくるようだ。こんどばかりは君にこの槙村の原稿をとりあげられることになりそうだ！」と言ってくれたことです。

この原稿はしばらくして党中央委員会文化部に届けられましたが、文化部はこれらの経過を尊重して、まず主要な詩、数遍をコピーして高知県党に送ってくれました。だからその後党中央の斡旋で、最初の詩集「槙村浩詩集」（新日本出版社）が発行されましたが、高知県では一足早く、「ダッタン海峡」第一号で詩三編が紹介されることになったのです。私は貴司山治さんのこととあわせて、いま一人、高知県のこの顕彰運動について、すでに亡き近森俊也君のことを記しておきたいと思う。

私は党中央の指示や県内諸同志たちの賛同をうけて「槙村浩祭高知県実行委員会」を結成してこの運動を始めたのですが、実際の仕事はほとんど近森君がやってくれました。

槙村浩の経歴や史実の調査、資料の収集、遺族や恩師たちの調査、墓（蛭ケ谷）や写真などの発見も、ほかならぬ彼の努力によるものでした。

彼は詩の愛好者でした。槙村浩の詩についても熱心に研究しつつ「ダッタン海峡」一号、二・三号を発刊してくれました。こうした活動のために彼はすくなからぬ私費をつぎ込みながら努力してくれました。

槇村浩第一回墓前祭は昭和三十九年［１９６４年］六月二十八日に蛭ケ谷で行われたのですが、この場に中央から蔵原さん、貴司さんが揃［そろ］って参加してくれました。（中略）なお、彼［近森俊也］は「こんどは［槇村浩の］詩碑の建立だ」と言っていました。

が、このことには間に合わず他界したのです。

やがて昭和四十九年［１９７４年］この詩碑建立の要望が大きくなるなかで、私は、ふたたび蔵原さんとも相談し、一気にこのことをやりぬくことにしました。

資金はそのほとんどを、蔵原さんの努力で、槇村浩詩集の版権資金のなかからさいてもらいました。そして石の購入と当初の建設場所ロイアルホテル（高知市横浜の）との交渉はいまは亡き山本寿一、建設工事は坂本忠、碑の彫刻は中村功、書は岡村峰夫ら各同志に努力してもらいました。こうした中でも特に、建設工事の日程が迫り、夜なべなどをしてもらいながら、なお除幕式の早朝、枠板をはずすといったことにもなりました。

この除幕式は九月二十一日建立の現場で行われましたが、当時私は病気療養のためすべてを岡本正光さんに依頼したのですが、やはり気にかかり、秘かに現地にでかけ、写真などを撮ってきたことでした。

この詩碑、近く高知市の中心地に移転することになったのです。

槇村浩詩碑の建立に次の方が携わりました。

資金カンパ　貴司　山治

　　　　　　小路貞次郎

石材　　　　小路貞次郎

　　　　　　坂本　忠

名文書　　　岡村　峰夫

名文工作　　中材石材

　　　　　　中村　功

工事一式　　坂本　忠

高知市城西公園の「槇村浩詩碑」

１９６３年６月１日発行の『文化評論』（日本共産党中央委員会）が槇村浩没後二十五周年記念特集を発表しました。

同年６月27日、高知市中央公民館で槇村浩祭高知実行委員会の主催で記念講演会を開きました。蔵原惟人さんが「プロレタリア文学運動と槇村浩」、金立寿さんが「朝鮮人から見た間島パルチザン」、中沢啓作さんが「槇村浩の思い出」を講演。槇村浩さんの詩が朗読されました。

翌６月28日、墓前祭が行われました。日本共産党高知県委員会副委員長・林田芳徳さん、社会党高知県連代表・井上泉さん、日本民主青年同盟、社会主義青年同盟や槇村浩さんの知己、友人、遺族の人たちが参集しました。

同年７月１日発行、『文化評論』（日本共産党中央委員会）７月号に「青春と革命――槇村浩の詩論」と題して壷井繁治さんの論文を発表。

１９６３年、雑誌『文化評論』（日本共産党中央委員会）に「槇村浩没後25周年記念特集」が掲載され、１９６４年には『間島パルチザンの歌　槇村浩詩集』（新日本出版社）が出版されました。

１９７３年９月21日、有志による実行委員会が４年かけて集めたカンパによって高知市横浜に「槇村浩詩碑」が建てられました。

「間島パルチザンの歌」の冒頭の一節が刻まれています。

１９８４年１月、岡村正光、山﨑小糸、井上泉の３氏による『槇村浩全集』（１９８４年１月20日）が発行されました。

１９８９年４月22日、槇村浩さんが投獄されていた高知刑務所の跡地である高知市桜馬場の城西公園に「槇村浩詩碑」が移転します。移転除幕式には横山龍夫・高知市長から祝電が寄せられました。


１９９５年10月、平和資料館・草の家が槇村浩さんの『日本詩歌史』を刊行。

２００３年３月、平和資料館・草の家が『槇村浩詩集』を刊行。

２００３年９月３日、槇村浩さんの墓碑（高知市平和町、通称・蛭ケ谷）が修復されました。

２０１６年１月、藤原義一が『槇村浩が歌っている』初版を刊行。

同年5月27日の讀賣新聞の高知版で同新聞の企画委員・石塚直人さんが、この本のことを紹介してくださいました。見出しは「反戦詩人　青春の軌跡　『槙村浩』紹介　高知の学芸員出版　『若者も知って』　作品、情勢に詳細注」。

２０１７年10月28日の毎日新聞の高知版でも岩間理紀（りき）記者が、この本のことを紹介してくれました。見出しは「おきゃくトーク　反戦詩人・槙村浩を研究する『平和資料館・草の家』の学芸員　藤原　義一さん（70）貫いた正しさに感動」。

第27章　「槇村浩が歌っている」を書き終えて

「槇村浩が歌っている」を書き直しました。

補足を積み重ねて、かなりページ数が増えました。

槇村浩さんの本格的な「復活」は、1963年に始まりました。

1963年6月の『文化評論』（日本共産党中央委員会）が「槇村浩没後二十五周年記念」と題して「間島パルチザンの歌」など5編を掲載。

1964年10月、新日本出版社が貴司山治さん、中沢啓作さん編の『間島パルチザンの歌――槇村浩詩集――』を刊行しました。

「一九三二・二・二六――白テロに斃［たお］れた××［四四］聯隊の革命的兵

士に――――」、「出征」でうたわれている陸軍歩兵第四十四連隊があった場所の一部に、１９４９年、国立高知大学が出来ました。

私は、その高知大学の文理学部文学科に１９６５年4月、入学しました。

当時の私は、アメリカ軍のベトナム侵略戦争をやめさせたい、日本を戦争放棄の日本国憲法をキチンと守る国にしたいと思っていました。

しかし、その事業を誰と、どのような方法でやるのかということがはっきりしていませんでした。

入学したころ、私は目の前にいた文理学部学生自治会執行部の「急進的な」活動をする学生たちと行動をともにしました。

しかし、「これは違うな」と思い始めていました。

そんななか、同年6月ころの午後、高知城の「すべり山」で、「学生自治会はみんなのもの。みんなの利益を守るもの」と地道な学生要求実現の運動をしていた数人の高知大学の学生が集ったことがあります。

そこで、文理学部理学科物理学専攻の渡辺靖二先輩（１９４５年1月21日～

1998年8月20日）が、槇村浩さんの詩を2編ほど朗読してくれました。『間島パルチザンの歌――槇村浩詩集――』の「生ける銃架――満洲駐屯軍兵卒に――」などでした。

それは、あの戦前の日本に、大日本帝国の侵略戦争を詩で批判していた人がいたのだという発見でした。

槇村浩さんが命がけで日本の侵略戦争に反対した行動と、彼の詩に感動した私は、地道に平和を築きあげる道に転換しました。

侵略戦争に巻き込まれて生きてきた人々が大多数のなかで、侵略戦争に反対した人がいたというのは、歴史に一筋の光を見たという思いでした。

「民主的な学生自治会を」の運動のなかで、文理学部学生自治会は「みんなの利益」派が勝利し、そのうち私も文理学部学生自治会執行委員長や大学祭実行委員長、新入生歓迎実行委員長をつとめるようになりました（3年生終りに授業料滞納で退学）。

縁あって60歳になった2007年2月を期して槇村浩さんを顕彰している高知市

升形九の一一の平和資料館・草の家で活動をすることになりました。

２０１２年９月１日～７日、高知からのツアー、槇村浩生誕百周年「間島」を訪ねる旅に参加しました。

30人参加。

中国に住む作家・戸田郁子さんの案内です。

槇村浩さんに造詣が深い岡崎清恵さん、猪野睦さん、岡村正弘さん、太田紘志さん、岡村啓佐さん、高知大学のときの１年後輩の山本佐智子さん、私が60歳代になってから学んだ高知県立短期大学の先輩や後輩も参加しました。

そのなかで、槇村浩さんの反戦詩への思いが強くなり、２０１３年４月～２０１５年９月、高知県立大学人間生活学研究科（大学院修士課程、２年制）に通い、槇村浩さんについての論文を書き上げました。指導は芋生裕信先生でした（途中、私は脳梗塞で半年、大学院を休みました）。

その論文が、この本の元になっています。

高知には、槇村浩さんを顕彰する機運があります。

１９７３年、「間島パルチザンの歌」の冒頭を刻んだ詩碑がつくられました（当初は、高知市横浜に。この後、没後五十周年記念実行委員会によって高知市緑地審議会に申請、その議を経て１９８９年に高知市城西公園に移転）。

１９８４年１月20日、岡村正光さん、山﨑小糸さん、井上泉さんによって『槇村浩全集』が発行されました。

２００３年３月15日、平和資料館・草の家から『槇村浩詩集』が発行されました。発表詩は、初出誌をほぼそのまま収録し、その他のものは貴司山治さんが守ってきた槇村浩さんの原稿からおこしています。

高知市内に、槇村浩さんゆかりの場所や槇村浩さんの資料を展示している所があります。

高知市鷹匠町の旧山内家下屋敷展示館、高知城近くの高知県立文学館にも槇村浩さんの展示があります。

槇村浩さんが東京の貴司山治さん宅に残した原稿は、高知県立図書館に寄贈されました。

２０１３年9月7日、高知市の劇団・the・創が、高知県立美術館ホールで演劇「反戦詩人　槇村浩」を公演しました。案内のビラには槇村浩さんの生き方を示す言葉、「不降身不辱志」が印刷されていました。

これには日本共産党高知市議の細木良さん、平和資料館・草の家館長の岡村正弘さん、私も出演しました。

なお、この映像はインターネットで　反戦詩人　槇村浩　と検索していただければ出てきます。ぜひ、ご覧ください。

同劇団は、２０１８年8月25日、第64回日本母親大会·ｉｎ高知のオプション企画で創作劇「土佐の反戦詩人　槇村浩」を、高知市栈橋通の高知市立自由民権記念館で上演しました。

この映像もインターネットで見ることができます。

劇団・the・創の創作劇「土佐の反戦詩人　槇村浩」の台本（作・西森良子さん）

一幕

一場

音楽（時代の経過を表すもの）

丑恵の歌が聞こえる。

――　まあるいものは　お日様　お月様　ゴムのまり　いっち　いっち　まある

いもの　ボウの顔

明かり入る。
豊道の手を引いた親子の姿、現れる。
カランカラン、カランカランカラン、カランカラン
豊道　ここが第六小学校かえ。
丑恵　うん。行くぞね。
着物を直してやる。
ナレーション　時　一九二〇年、吉田豊道　８歳。高知市第六小学校に入学。後の、反戦詩人　槙村浩である。
一九一二年六月一日　父・才松　母・丑恵の長男として高知市に生まれる。

丑恵の父は自由民権論者として、植木枝盛らと、ともに交流があったといわれている。

豊道が六歳のとき、父に死に別れ、看護婦、産婆の資格を持つ母の手ひとつで育てられた。

幼児の時から、言葉と文字に対する感覚と記憶力が鋭く、地元の新聞が、「神童現る！」と大きく報道し、世間の話題となる。

第六小学校の担任教師は熱心な綴り方教師だった。その影響を受けたのか、子ども時代、たくさんの童話、童謡をつくった。

二場

ナレーション　豊道十六歳、海南中学校に通う。生涯の友、毛利孟夫に出会う。

豊道　おい、毛利、面白いかえ、工業学校は？

毛利　おう、面白いぞ。

毛利　そうじゃのう。人殺しのための軍事教練への「のろし」を上げるか。

――暗転――

三場

豊道、丑恵。向かい合って座っている。

丑恵　今晩も出掛けるのかえ。
豊道　ああ……。
丑恵　おまえ、この頃、何かえいことでもあったがかえ。
豊道　どういて――。
丑恵　なんか顔つきが大人びてきて、それに、うれしそうやし。女友達でもできたのかい。

豊道　ハハ……、そんながじゃないき。

舞台、光入る。

南溟寮の一室。川村、吉田、毛利、小糸（十五、六歳）の姿がある。
皆、一斉に小糸を見る。その視線をぐっと見つめ返す小糸。

小糸　あたし、学校をやめます。
去年の暮、一万人もの漁民が、自分たちの生活を守るために立ち上がり、県庁に詰め掛けました。あの日、ものすごい数の小舟が海を埋め尽くし、あっちから、こっちから、港に向かっているのを見たんです。何事かと思って、岸壁に向かって走って行きました。陸に上がった漁民達は、ひとまず柳原公園に結集して、決起集会を開いたんです。私も公園の隅で胸が震えて……、ずっと見ていたんです。

豊道　小糸さんも参加したんだね。この高知の町を怒りの旋風が吹き荒れた漁民闘争に。

川村　一部の資本家が大型の機械を使うて、ごっそりと漁を採り始め、一本釣漁師達の漁場が荒らされ、魚がとれんようになったがじゃ。怒った漁師達が県庁に押し掛けたんじゃ。

小糸　土佐電鉄のストライキ、米の検査制度反対闘争が、あっちでも、こっちでも、起こっています。こんな情勢の中、私、勉強らあ出来ません。一日も早う労働者となって、皆と一緒にたたかいたいんです。

皆、一心に小糸を見詰める。その時、不意にドアが開かれる。ギィ――。一瞬、緊張が走る。

四場

ナレーション　一九二八年。陸軍省により学校教練は正課となり、成績簿にも記載されるようになり、軍国主義への道は、ますます深まっていった。京都帝大、東北帝大の社会問題研究会は、解散を命じられ、それに対し、学生達の反撃は全国各地に広まっていった。槇村達が組織した海南中学での軍教闘争は成功したが、槇村は、この事件の首謀者とされ学校を追われ、岡山の関西中学校へと旅立つことになった。

二幕
五場

ピアノ　「わが母の歌」（荒木　栄　作曲）

あらぐさの実が熟れて
土深く芽生える朝に
ああ　わが母こそ太陽

闘いを育てるたいよう

（戦争中、社会主義者の息子を持って生きた母に送られた歌。）

ナレーション　一九三〇年代、高知にもプロレタリア文学運動に参加し、反戦活動に身を挺して生き抜いた、一群の詩人達がいた。その大半は三〇歳前後で、拷問死、戦死、病死で、この世を去っていった。

この無名の若者達の残した詩は、光の当てられないまま埋もれようとしている。

朗読1　田村　乙彦　『母』高岡郡佐川町出身。「田園の花」を刊行。高知人民戦線事件で三度の検挙を受け、下獄の後出征。昭和二十年四月ビルマで戦死、三十五歳。

朗読2　藤原　運（はこぶ）『黒い流れ』高岡郡越知町出身。「田園の花」を刊行。戦後、北海道に開拓団として渡り、その地で病死。五十歳。

六場

丑恵　お帰り。お前、すっかり逞（たくま）しゅうなって。関西中学、卒業できて、母さん、一安心した。

豊道　大変やったろう、色々と無理させたねえ。

七場

詩朗読の中、女工達（雪・みね・琴・幸）糸を引いている。

髪は桃割れ、赤い腰巻、襷掛け、前掛け姿。

詩朗読　「暁の製糸工場」

十四の年から、私は製糸女工だ　／　夜明の早い夏の朝でさへ、まだ暗いうちから　／　眠り足りぬ床を起き出して　／　そゝくさと、もつれた髪をたばねる私達だ

午前五時　／　ほえる汽笛にせきたてられて　／　白い湯気の舞ふ職場へ　／　バタバタと駆ける私達だ

朝の一仕事に私等は腹をへらし　／　不味い麦飯と、一杯の味噌汁を立ったまゝ飲み込む　／

三十分の昼食時間

ユキ江さんは張ったお乳を出しかけてお茶も飲まずに面会室へ走った

あそこにはあの人の赤ちゃんが待ってゐる

切れた糸をつなぎ乍ら私は考へる

十一時間も働いて　／　たった二十銭とは情けない

セリプレン罰なんて誰が考へ出した事だろう

さなぎの香ひをかくすために　／　塗るこの安白粉
日の光を知らぬこの青白い頬にさす、ごまかしの頬紅　／　それをさへ虚栄心だなどと工場長はいふ
たった一枚の銘仙の着物さへ持たぬ私達がとった絹糸で織った着物を
どんな人達が着飾って歩くのだらう　《後略》

見番の男現れる。

見番　終われ――！

「ワァー」。どよめきの中、一日の仕事が終わった安堵感が、どの顔にも溢れている。
口々に何か言いながら、中央に集まってくる。

見番　今日の作業はこれで終了じゃ。明日は六時起床、遅れるな。礼！

女工　お疲れ様でした。（一礼する）
見番　寮にまっすぐ帰れよ。
玉絵　今日は分会結成の初めての行動。あさっての行動の打合せをします。
そのあと、吉田さんの講師で、「〇〇〇」の続きを学習します。
最初に、日本労働組合全国協議会・片倉分会長より挨拶をします。

分会長の琴、立ち上がる。
それぞれ、音のない拍手が、激しく、小さくなる。

その姿を残しながら、詩の朗読。

『休日に　――工場に働く女工さん達に捧ぐ――　』　藪田　忠夫

八場

ナレーション　一九三一年（昭和六年）。プロレタリア作家同盟高知支部が結成され、続いて劇団「街頭座」、映画同盟、美術同盟らが、次々と発足し、争議の応援、映画の上演等、各地域での巡回は、多くの観衆を集めた。

中央からは、江口 渙、貴司 山治、池田 寿夫らを講師に迎え、講演会を開催した。各地での聴衆はどこでも満員で、延べ千人近くの人々が集まり、その八割は農民だったと言われている。

作家同盟に加入した槇村は、「生ける銃架」、「間島パルチザンの歌」等を発表していく。

郡部にもプロレタリア文学の活動が拡がって行き、高岡郡佐川地区には、農村に根をおろす『田園の花』が、藤原 運、田村 乙彦、藪田 忠夫らを中心に刊行されていった。

満州事変の火ぶたがきられ、中国への侵略が激化していく中、多くの若者たちがその生贄とされ、戦争へと駆り出されていった。

一九一七年に起こったロシア革命は、若者達の心を激しくとらえた。激動する情勢の中で、国家権力と真っ向から立ち向かっていった、血の叫びに近い、若者達の詩は、治安維持法によって、激しく弾圧されていくのである。

アジト。吉田、川村、岡、それぞれ自分の分担の仕事をしている。

岡　今度の市民向けのビラのことじゃが、この間、そこの柳原河原で、憲兵に取り囲まれて、サーベルで蜂の巣のように殺された、一人の兵士のことを、書いてほしい。

川村　いま町中でその噂でもちきりじゃに、新聞は一言も書かん。

毛利　朝倉の兵営、四十四連隊は、あしたは上海出征じゃ――。兵士達の何人が、生きてこの土佐の土を踏むことができるろうのう。

小糸　今夜捕まったら、あてらあ、銃殺かのう。

三幕
九場

憲兵A・B　開けろ！　開けろ！　憲兵隊だ。
豊道　母さん！　これを！

十場

ガチャン！

青い囚人服を着せられた男達。毛利、吉田、川村、岡。

看守　今朝連絡いたしました、被疑者、毛利猛夫・四十番、吉田豊道・四十二番、川村清・四十三番、岡弘人・四十四番、只今、引き渡します。

これからは、本来の氏名は、一切使わない。この番号が、お前達の名前だ！

薄明かりの中で、特高と豊道が向かい合って座っている。

特高　いいかね。君達の親分や仲間達は、次々と転向を表明しているんだよ。このちっぽけな田舎町で、君が頑張ったところで、どんな力になるのかね。国が認めない思想は、私達国を守る者にとっては、排除しなければならないからねえ。当然のことだろう。

豊道　何が当然のことなんですか。僕らは何も悪いことはしていません。戦争は嫌だと言うだけです。

特高　僕はねえ、君らのような若い命が、惜しいんだよ。「僕の考えは間違っていました」、そう、一言でいいんだ。そうすると刑が軽くなり、すぐに外に出られる。たとえそれが偽装転向だとしても、それは自分の心の中の問題で、他の人には分らないことだからね。

豊道　僕は、詩人です。僕の詩を読んで共感してくれ、反戦の道を歩み始めた青年がいたとします。だのにその詩を作った本人が、この道は間違いでした、と転向したとすれば、僕の作品こそ偽装作品になってしまいます。ほかの人の転向ということがあっても、詩人には転向ということはあり得ないのです。

それよりも、卑劣な拷問こそ、今すぐにやめて下さい。転向した同志達を、僕は責めない。拷問という暴力で、同志の心を屈伏させ、みじめな思いをさせた、あなたたち、国家権力を憎みます。

特高　僕の、心からの好意は、あなたには伝わらないようですね。きみ、作家の小林多喜二を知っているね……彼は留置場で心臓麻痺で死んだよ。

豊道　あの小林さんが心臓麻痺なんかで死ぬもんか。あんた達が、拷問で殺したんだろう！

特高、豊道を一瞥（いちべつ）し、去る。

刑務所の裏口から、一人の老人が出てくる。大八車を引いている。そこには蓆が被せられている。手拭いで顔をスッポリ隠している。何かに耐えながら車を引く。特高警察によって虐殺されたであろう息子を引き取りに来たのである。車を引く老人、闇の中に消えていく。

取調室。特高と机をはさみ、豊道座っている。

特高　いいかね。特別なはからいで会わせてやるんですからねえ。二人にも転向のことは、しっかり伝えています。いらん話はしたらいきませんよ。
看守　連れて来ました。
特高　入れ。

川村、岡、入ってくる。川村、頬がそげ落ち、やつれ果てている。岡、色黒の顔が白くなっているだけで、あまり変化していない。それに比べ、幽鬼のように痩せ衰え、目だけが鋭く光っている豊道を見て、川村、岡、胸を詰まらせる。

川村　吉田――。

岡　おう、元気じゃったか。同じ敷地におるに、会わせてもらえん。悔しかったぞ。

豊道、思わず立ち上がり、二人のそばに駆け寄る。強靭な意志がお互いの胸を貫く。

特高　おい！　お前達、いらん話をしてはいけない！　それに、喜びあうがは、早すぎますよ。

（三人を見回す）

さあ、ここに一筆書いてもらいましょう。シャバは、いいぞ！　誰から書くかな（誰も反応なし）。ムー、（岡にペンを差し出す）、あなたからですか。どうしました？

（少しイラつく）

岡　どうした、言われても、わしらあ、転向文章は書けませんきに。誰々が転向した言われても、人は人じゃき。高知のわしらあだけでも、頑張らんと、おおごとですきにのう。なあ！（二人を見る）

川村・豊道　おう！

（三人、がっちりと手を握る。）

豊道　僕らあは、

三人　ここで、獄中非転向同盟を結ぶ。

（特高、立ち上がる。）

特高　君達！　ふざけるな！　ここをどこだと思っているのか！　連れて行け

— 暗転 —

岡、川村にスポット。
あたりを確かめながら、隣の監房の岡に話しかける。

川村　岡さん……。岡さん。

声に気づき、精一杯近寄る。
岡　どういた?
川村　吉田が——（声を詰まらせる）
岡　吉田が、どういたぜよ。
川村　とうとう、精神をやられた。
岡　……。
川村　何日か前、運動の時間にすれ違ごうた時、青白い顔をして、「川村、おれの食器には毒が塗られちゅうきに、飯は絶対に食べん。おまんも気をつけよ」、言うがじゃ。

その時は、冗談を言うてと、あんまり気にせんかったがじゃ。けんど、今日会うた時、真剣な顔で言うがじゃ。（声を詰まらせる）

岡　早う言いや、見回りが来るぞ。

川村　うん、すまん。「やっとソヴィエトに行く手筈が整うた。スターリンが迎えに来るき、おまんも用意をしちょきよ」、そう言うがじゃ。

岡　そうか……、吉田が時々変なことを言ういうて、毛利からも同じことを聞いた。もっと困ることは、吉田が、ものが食べれん病気らしい。食道が狭まって、固形物が喉を通らんなる病気じゃとのことじゃ。

川村　そりゃ、おおごとじゃないかよ。吉田を早う何とかせんと死んでしまう。

岡　そうじゃ！　何とかせんと。まずは当局に、吉田を外部の病院に入院させてもらうよう要求する！

川村　うん、そうじゃのう。吉田の待遇改善を勝ち取るまで、われら、非転向組は、ハンガー・ストに入る！

岡　おう！

二人のスポット消える。

牢獄にポツンと座っている豊道。何かを読んでいる。その声、段々はっきりしてくる。

豊道にスポット。

詩「バイロン　ハイネ」（一部入る）

スポット消える。

スポット。小糸、牢獄の中に一人ポツンと座っている。

コツコツ……、監守、その前でとまる。

小糸、牢獄の中から這い出てくる。

所長　山﨑小糸、釈放じゃ。おまんは、まだ未成年じゃ。ほんじゃき、お上の特別な計らいじゃ。起訴猶予、国外追放とする。
小糸　国外追放……、どこへ行かされるがじゃ。
所長　北朝鮮じゃ。向こうにおる、おまんの小父さんが、身元引受人になった。ここに帰らんように、そこで、大人しゅうしちょりよ。よし、帰りや、外でお袋さんが待ちゆうきに。
小糸、グッと睨（にら）みつけている。クルッと後姿を見せ、入口に向かう。その背中に、
所長　えいかよ。特高の眼はずっと光っちゅう。忘れたらいかんぜよ。
外で母親が待っている。二人、目が合う。駆け寄る母親。

小糸　朝鮮に行く前に、みんなに一目会いたい！

――暗転――

十一場

丑恵の声　息子・豊道が廃人同様の姿で、非転向のまま高知刑務所をやっと出獄したのは、入獄以来三年三か月、昭和十年六月のことでした。夢にまで見続けた息子を出迎えたとき、余りにも変わり果てた姿に、息子に掛けてやる労いの言葉が見つかりませんでした。そして、毛利さん、岡さん、川村さん達も、次々と出獄し、特高の目が光る中、私達親子にも元の生活が戻ってきました。

場面Ａ

町角に一人の兵隊（田村乙彦）の姿を見つけ、家から飛び出してくる岡。

岡　田村君！　佐川の田村乙彦君じゃろう。
田村　岡さん！　あっ、ここ、岡さんの家ですね。
岡　おまん、召集されたがかよ。
田村　ハイ。秋にとうとう赤紙が来ました。この近くで、所属する部隊が演習していて、今、宿舎に帰るところです。
岡　そうか。
田村　明日、現地に発ちます。
岡　明日かよ。(声がつまる)　南方だろうな。そうじゃ、ちょっと待ちよってくれ。

岡、家に走り込む。何やら提げて出てくる。

岡　こんなもんしかない。腹が減っちゅうろう。ふかし芋じゃ。それと配給の残りで悪いがやってくれ。
田村、渡されたコップ酒を、いっきに飲む。芋は懐に入れる。

田村　ありがとう。

岡　早う、いにゃ。憲兵に見つかったら、半殺しじゃ。

うなずく田村に、

岡　死ぬなよ！

手を振り、走り去る田村。見送る岡。

場面B

丑恵　スープできたよ。熱いうちにお飲みよ。

豊道　うん……。

丑恵　何、書いているんだい。（のぞき込む）

豊道　うん。おれ、やっぱりソヴィエトに脱出しようと思うちゅう。今、そのルートを計画中じゃ。けんど、その前に自分の詩集を出版せんと……。

丑恵、痛ましそうに息子を見る。

豊道　まず、船で出て朝鮮に渡り、それからねぇ、あっ、そうや、母さんも連れて行かんと。もう日本には帰れんかもしれん。（笑う）（生き生きと語る）母さんに見せたいがじゃ。人民に解放された社会がどんなものか。貧富のない社会、権力を振りかざし、威張っちゅう奴は一人もおらん、みんなで力を合わせ、国造りを目指しゆうがじゃ。

早よう、この目で見たい……。

母の方を振り返りもせず、また机に向かう。

そっと立ち上がる丑恵、階段を下りる。

丑恵、縫物をしている。

豊道、鞄を提げ家の前に立つ。

豊道　母さん、ごめんよ、また一人ぼっちにして、どうしても東京に行かんといかんがじゃ。

（行きかけて、家を振り返る）　母さん……。（去る）

暗転　――

音楽。

詩「間島パルチザンの詩」朗読

ラスト

出演者一人ひとり、アピールする。

槙村達が生きた激動の時代の一日は、今、平和の時代に十年にも相当するだろう。
彼らの生きた一九三〇年代はこのような時代であった。

広海　大治（1910～1960）本名、藤原　運（はこぶ）。越知町出身。昭和三五年八月
北海道紋別郡滝上町で死去。五十歳。

田村　乙彦（1911～1945）佐川町斗賀野出身。昭和二十年四月、ビルマで
戦死。三十五歳。

籔田　忠夫（1912～1943）佐川町柳瀬出身。昭和十八年一月、ニューギニ
アで戦死。三十二歳。

槇村　浩（こう）（1912〜1938）本名、吉田豊道。高知市出身。昭和十三年九月、土佐脳病院で死去。二十七歳。

大江　鉄麿（1915〜1944）本名、横山秀年。土佐市宇佐町出身。昭和十九年八月、ニューブリテン島方面で戦死。三十歳。

イラストは安部愛（まな）さん

槇村浩が歌っている

発行日　初版　2018年10月20日
発行日　新版　2019年9月2日

著　者　藤原義一
781-5103
高知市大津乙2111の4
電話　080（9839）4704

発　行　飛鳥出版室
780-0945
高知市本宮町65の6
電話　088（850）0588
E-mail　info@asuka-net.jp

印　刷　株式会社　飛鳥

定　価　本体2000円＋税